변호사

변호사 5

초판 1쇄 인쇄일 2015년 7월 21일 ㅣ **초판 1쇄 발행일** 2015년 7월 23일

지은이 진문 ㅣ **펴낸이** 곽중열 ㅣ **담당편집 팀장** 이범수
편집부 신연제 이윤아 김호성 김은경

펴낸곳 (주)조은세상 ㅣ 출판등록 제 2002-23호
주소 경기도 연천군 미산면 청정로 1355
TEL 편집부 02)587-2966 ㅣ FAX 02)587-2922
e-mail bukdu@comics21c.co.kr

ⓒ진문 2015
ISBN 979-11-5832-177-2 ㅣ ISBN 979-11-5832-049-2(set) ㅣ 값 8,000원

Legal Mind
:리걸 마인드

변호사

⑤

진문(眞文) 현대 판타지 장편소설

NEO MODERN FANTASY STORY & ADVENTURE

북두
(주)좋은세상

Legal Mind

:리걸 마인드

변호사

CONTENTS

NEO MODERN FATASY STORY & ADVENTURE

NEO MODERN FATASY STORY & ADVENTURE

변호사

제 26장
: 그들이 들고 있는 카드 (후편)

변호사

빽빽하게 들어찬 책상들과 의자.

사무실은 그가 달리기엔 너무 좁았다. 워낙 덩치가 있던
탓에 그 앞에 있던 의자와 책상이 요란하게 넘어졌다.

"사건 피의자가 도주합니다. 2번 문 앞으로 가고 있습니
다. 모두 담당지역 막아주세요."

유생의 지시가 떨어지는 순간이었다.

쿠당탕 하는 소리와 함께 문이 열렸고, 밖에서 수사관들
의 목소리가 들렸다.

"저기다!"

"잡아!"

남자는 덩치만큼이나 힘도 셌다.

9

:Legal Mind

앞을 막아서는 수사관 한 명을 밀치고는 거침없이 복도를 달려나갔다.

그가 향하는 곳은 쪽문. 화단 너머로 야트막한 담장이 보이는 곳이었다.

남자는 육중한 발소리를 울리며 쪽문으로 달려 나갔다.

이를 본 유생은 열려있는 복도 창문을 훌쩍 뛰어 넘었다. 길을 가로질러 남자의 앞을 봉쇄할 생각이었다.

달리는 동안 무전기에서 차례로 보고가 들려왔다.

- 1팀 뚫렸습니다. 목표는 쪽문을 향하고 있습니다.

- 2팀 쪽문 밖에서 대기중. 앗! 목표가….

- 3팀 목표 확인. 추적중입니다. 목표는 담장을 향해 도주하고 있습니다.

남자는 힘이 남아도는 야생마 같았다.

뒤늦게 밖으로 나온 유생은 노련한 수사관들을 제치고 어느새 담장을 넘고 있는 남자를 발견했다.

유생은 격하게 소리를 질렀다.

"4팀! 어딥니까! 목표가 담장 밖으로 나갔습니다. 어서 쫓으세요!"

- 치이익. 네! 가고 있습니다. 근데…

뒤를 돌아보니 정문 앞에 있던 4팀이 그제서야 달려오는 것이 보였다.

"제기랄!"

유생은 이를 악물고는 남자를 따라 담을 넘었다. 남자는 어느새 도로를 건너 차량에 가까워지고 있었다.

흰색 SUV차량. 미리 도주용으로 준비했는지 번호판이 가려져 있었다.

'안 돼! 차에 타면….'

미처 차량 추적에 대비하지는 못했다. 수사관들의 차량은 반대편에 주차해 놓은 상태.

이대로 그가 차를 타고 출발한다면 놓칠 수도 있었다.

그때였다.

뒤에서 달려오던 검은색 밴 한 대가 유생의 앞을 지나쳐 갔다.

어느새 차에 탄 남자가 시동을 거는 순간 그 밴이 앞을 막아섰다. 이어서 정면에서 나타난 검은색 세단도 차량 뒤를 막아섰다.

차량은 무리하게 전진을 시도했으나 밴에 가로막혀 더 이상 나아가지 못했다.

곧 밴의 문이 열리면서 수사관들이 우르르 몰려 나왔고, 그들은 곧 남자가 탄 흰색 차량 문을 강제로 열고는 그를 끌어냈다.

뒤이어 세단에서 나온 한 남자.

굵직한 목소리의 그는 유생을 보며 인사했다.

"여어. 오랜만이야, 신 검사."

11

"에?"

유생이 얼떨떨한 표정으로 그를 보자 눈 앞의 남자는 빙긋 웃었다.

"아직 1년도 안됐는데 벌써 잊은 거야?"

강인해 보이는 사각턱에 맑은 눈동자. 그는 검찰 시보 당시 함께 했던 차영욱 수석검사였다.

유생은 고개를 저으며 대답했다.

"그, 그럴리가요."

차영욱은 유생의 뒤에서 헐레벌떡 뛰어오는 이에게도 아는 척을 했다.

"누군가 했더니 오영근 피디도 계시네?"

"앗, 차검사님."

오영근이 사색이 되어서 인사하자 차영욱은 둘을 번갈아보며 말을 이었다.

"중요한 피의자를 놓칠 뻔한 건 그렇다 치고, 검찰 수사 과정에 사설 방송국 PD가 동행한 것에 대해서는… 아무래도 이유를 들어봐야겠는걸?"

차영욱은 의미심장한 미소를 흘렸다.

반면 유생의 표정은 굳어졌다.

과거 좋은 인연으로 만난 적이 있어 반가운 마음도 있었지만 지금 상황은 미묘했다.

수사 중에 만난 것도 그렇거니와 설사 만났다 하더라도

이런 식으로 사정을 캐물을 수는 없는 것이다.

'어떻게 이 자가 여길 온 거지?'

묻고 싶은 게 많았지만 분위기가 아니었다. 차영욱을 따라온 수사관들도 그렇고, 이제 유생의 수사관들도 헐레벌떡 달려오고 있었다.

그리고 웃고 있는 차영욱의 얼굴에는 자못 긴장한 기색이 묻어 있었다. 이 자리에서 농담 같은 건 통하지 않을 것 같았다.

한숨을 푸욱 내쉰 유생이 입을 열었다.

"제가 설명하겠습니다. 일단 이 자부터 처리를 한 다음 말씀드리죠."

유생의 제안대로 우선 그들은 피의자를 처리하기로 했다.

남자는 일단 수사관의 차를 파손한 것을 들어 공무집행 방해죄의 현행범으로 체포했다.

신원을 파악해 보니 그는 국과수 운영지원과 양석훈 서기.

그의 필체를 확인해 보니 장부에 기록된 서명과 비슷한 점이 많았다.

증거인멸에 관해 묻고 싶은 것이 많았지만 지금은 그게 중요한 게 아니었다.

수사관들에게 송치 지시를 내린 후 유생은 차영욱과 대면해야 했다.

차영욱은 수사관들과 오영근 피디를 모두 돌려보낸 후 유생과 근처 공원을 걸었다.

한참 길을 걷던 중 차영욱이 먼저 입을 열었다.

"그럼 어떻게 된 일인지 들어볼까? 왜 방송국 PD가 여기 있었던 거야?"

"그건….."

유생은 잠시 망설였지만 털어놓기로 했다. 어차피 들통난 마당에 더이상 숨길 필요는 없었다.

유생은 지금까지 있었던 일들을 모두 이야기했다.

맨 처음 이경찬으로부터 강남 나이트 사건을 배당받을 때부터 지난 공판까지.

그동안 있었던 증거조작 사실들과 증인매수 사건까지도.

"방금 그 자는 국과수에서 증거를 인멸한 것으로 추정되는 가장 유력한 피의자였습니다."

"그럼 방송국 PD와 동행한 건 왜지?"

"그건… 다시 있을지도 모르는 증거 인멸 상황에 대비하기 위해서였습니다."

여기까지 듣자 차영욱은 고개를 끄덕였다.

"알만하군. 국가 기관에서 보관하던 증거품까지 사라진 마당에 이제 믿을 것은 작은 언론사 밖에는 없었다, 이 말이군."

몇마디 나누지 않았지만 차영욱은 지금까지 무슨 일이 일어나고 있는지 정확히 파악했다.

"윗선에서 청탁받은 사건이 강남 나이트 사건이었고, 유력한 피의자는 신화그룹 막내아들 신종호라… 올해 초 퇴직한 이기범 부장판사가 변호를 맡은 것도 모자라 증거가 사라지고 증인 매수까지 시도했다."

차영욱은 유생을 마주보며 입을 열었다.

"신 검사는 여전하구만."

"그게 무슨 말씀이세요."

아직 그 눈빛이 무슨 의미인지 파악하지 못한 유생은 시선을 피했다.

차영욱은 그런 유생의 등을 두드리며 말했다.

"칭찬이야. 신화그룹을 상대로 여기까지 온 건 기적같은 일이거든."

이제 차영욱은 유생을 대견한 눈빛으로 바라보고 있었다.

그는 지금까지 있었던 신화그룹 관련사건이 어떤 식으로 끝을 맺었는지 알고 있었다.

음주운전에 뺑소니. 폭행, 강간, 심지어는 살인까지.

그들이 저지른 범죄는 흉악했어도 제대로 처벌받은 예는 거의 없었다.

'언론이 주의를 돌리는 순간 판사들의 법봉은 그저 솜

15

:Legal Mind

방망이가 될 뿐이지. 징역 3년에 집행유예 5년. 오죽하면 삼오법칙이라는 말까지 생겨났을까.'

아무리 심각한 범죄를 저질러도 신화그룹과 관계되면 그들은 집행유예 5년을 받아 풀려났다.

이른바 삼오법칙.

세간에서 이를 비꼬아 부르는 말이었지만 그런다고 해서 세태가 달라지진 않았다.

차영욱은 고개를 돌려 자신을 바라보는 유생을 보며 말을 이었다.

"내가 여기 왜 있는지 궁금하진 않아?"

"그러고 보니 이곳엔 무슨 일로 오신 거죠?"

타이밍 좋게 수사관들을 이끌고 국과수에 나타난 차영욱. 단지 우연이라고 하기엔 이상한 점이 너무 많았다.

잠시 미소짓던 차영욱이 입을 열었다.

"더러운 일 때문이지."

"……?"

의아스러운 눈빛으로 자신을 바라보는 유생에게 그가 말을 이었다.

"이 사건 담당 검사가 바뀌었어."

"네?"

"오늘부로 한지연 검사는 의정부쪽으로 발령이 났고, 대신 내가 들어왔지."

"······!"

표정에서 미소가 사라질 만큼 충격적인 소식이었다. 오전에 한지연과 통화했던 유생으로선 믿을 수 없는 일이었다.

"말도 안 돼. 수사 도중에 검사가 바뀌다니요! 아직 발령일까진 한참이나 남았는데····."

심각한 표정으로 따져묻는 유생을 보며 차영욱은 빙긋 웃었다.

그는 유생의 어깨를 한번 잡고는 말을 이었다.

"이 바닥에 있다보면 간혹 있는 일이야. 윗분들이 거절할 수 없는 부탁을 받을 때가 있거든. 그리고 우리법 상 고삐풀린 검사를 잡으려면 이 방법 밖에는 없어."

유생은 씁쓸한 표정으로 끄덕였다.

검사는 단독관청.

검사 개개인은 수사에 관해 거의 절대적인 재량권을 가지고 있다. 설사 상관이라 하더라도 적법성과 정당성에 위반하는 처분을 내릴 수는 없었다.

이런 이유로 윗선에서 소속 검사를 통제하기 위한 수단은 임의 발령이 거의 유일하다.

'발령을 내는 것은 검찰청법상 총장에게 주어진 적법한 권한이야. 게다가 사건을 다른 검사에게 맡기는 것을 두고 부당하다고 할 수도 없지.'

검찰청법에 의해 검찰총장은 자신의 권한으로 검사의 소속과 직무를 결정할 수 있었다.(검찰청법 제7조의2)

원칙적으로 모든 검사는 적법하게 사무를 처리해야 하므로 사건이 다른 검사에게 넘어갔다고 해도 이를 불법이라 할수는 없는 노릇.

유생은 임의발령을 내는 이유를 이해할 수 있었다.

허나 한가지 의문점이 생겼다.

'하필이면 왜 한지연 수석을….'

분명 그랬다.

이번 사건에서 주도적인 수사를 펼친 것은 유생이었다. 공판 때도 그렇고 수사도 마찬가지.

그럼에도 유생이 아닌 한지연을 발령낸 것은 이상한 일이었다.

"그렇다면 제가 물러나야 하는 게 아닌가요?"

차영욱이 빙긋 웃으며 대답했다.

"상식적으로 봤을땐 그렇겠지. 하지만 위에선 '담당 검사를 발령내라.'는 청탁을 받았어. 그리고 강남 나이트 사건의 담당 검사는 한지연이야."

그 말을 듣자 유생은 어찌된 일인지 이해할 수 있었다.

"자네 담당은 이경찬 비리사건이잖아. 결국 두 사건이 병합되어 공판에 참석하긴 했지만…. 이런 내막이 있다는 것을 어느 못난 아들의 아버지가 알 수는 없지."

차영욱은 의미심장하게 웃었다. 그리고는 다시 입을 열었다.

"지금 자네 말을 듣고나니 이제 나도 이 사건이 보이는군. 뒤가 누가 숨어있고 무엇이 문제인지. 그리고 이제 내가 무엇을 해야 할지를 말이야."

그는 유생을 보며 물었다.

"이 사건 길게 끌면 안되는 거 알지?"

"물론 입니다. 그럴 생각도 없구요."

"다음 공판 때 끝낼 수 있겠어?"

유생은 진지하게 고개를 끄덕였다.

"네. 기회는 한 번이면 충분합니다."

차영욱은 미소를 띄며 끄덕였다.

"좋아. 그 한 번의 기회를 내가 만들어줄께. 방송사 PD든 신문기자든 활용할 수 있는 건 모두 활용하도록 해. 책임은 내가 질 테니."

유생은 놀란 눈으로 그를 보았다.

한지연을 대신해 들어온 차영욱이었다.

게다가 그는 지방만을 돌던 향검. 그런 그에게 이 사건은 기회나 다름 없었다.

'사건을 눈감아 주기만 하면 중앙으로 진출할 수 있을지도 몰라.'

만약 그러지 않는다면 다시 좌천될 것은 불보듯 뻔했다.

"하지만… 그러시면… 선배님이…."

차영욱은 고개를 저었다.

"검사가 된지는 14년, 거기에 벌써 7년째 수석 검사야. 부장을 달기 위해서 이런 식의 대가가 필요하다면 이제 옷 벗을 때가 된거지. 그리고…."

잠시 차영욱은 말 없이 유생을 바라보았다. 그의 눈빛은 고요하게 떨리고 있었다.

그는 진지한 표정으로 입을 열었다.

"아직 대한민국 검사가 썩지 않았다는 걸 보여줘야 되지 않겠어? 나 같은 검사가 한 명쯤은 있어야 돈만 있는 놈들이 세상 무서운 줄 알지."

뜬금없는 장난스런 말투.

유생은 품- 하며 웃음을 터뜨렸다.

"하하하. 그것도 그렇네요."

"여튼. 신 검사, 이번에 아주 작살을 내 주자고."

"네엡! 알겠습니다."

모처럼 만난 둘은 의기투합하며 술집으로 향했다.

찬바람이 불어와 낙엽을 흐트렸지만 늦은 오후의 태양은 이들을 따뜻하게 비추고 있었다.

공판까지 남은 기간은 1주일 남짓.

승리를 위한 준비는 차근차근 갖춰지고 있었다.

제 27 장

: 우리는 모두 지켜보고 있다

NEO MODERN FATASY STORY & ADVENTURE

변
호
사

제 27 장
: 우리는 모두 지켜보고 있다

'…딸이 죽었다고 했다.

처음엔 믿지 않았지만 부검실에서 나온 우리 유나의 얼굴을 보고 나서 알았다.

딸의… 그 여리고 아름다운 몸에 난 수많은 상처들.

그동안 못해줬던 일들이 떠올랐고, 며칠 전 딸과 싸웠던 일들이 떠오르자 눈에서 눈물이 흘러나왔다.

그런 건 사실 아무것도 아니었는데.

……(중략)……

지금은 딸이 죽었다는 슬픔보다도 증거를 숨기고 조작

까지 했던 사실들에 더욱 마음이 답답해져 온다.

검사님이 아니었으면 난 애꿎은 사람을 증오하면서 남은 평생을 살아갈 뻔했다.

재판이 있던 날, 난 확신했다.

처음부터 경찰은 내게 거짓말을 했고, 내가 알던 사실은 모두 잘못되었음을. 이 모든 것의 배후엔 돈이 있고, 돈이 모든 진실을 뒤틀어 놓고 있음을.'

이것은 지금 인터넷에 떠돌고 있는 [유나 엄마 이야기] 시리즈의 한 부분입니다.

페이스북에 처음 공개된 지 불과 2주일만에 15만 명이 댓글을 달았고, 50만에 가까운 이들이 '좋아요.'를 눌렀죠.

딸아이의 죽음에서 시작한 이 이야기는 3일에 한 번씩 시리즈물로 업데이트되고 있습니다.

그리고 바로 어제.

네번째 시리즈에서 공판 과정에 있었던 일들이 공개되었습니다. 동시에 그 반응은 한층 더 격렬해 졌죠.

이번 이야기는 정말 기가 막히는 것들이었습니다.

증거를 없애고, 눈 앞에서 증인을 매수하는 등 도무지 대한민국의 법정에서 일어나리라고 생각할 수 없는 장면들이 적혀 있었습니다.

너무나도 믿을 수 없는 내용이었기에 네티즌들도 둘로 나뉘었습니다.

　'거짓말이다. 사진과 기록을 오묘하게 섞은 소설일 뿐이다.' 라는 의견들과,

　'아니다. 이것은 진실이다. 과거 신화그룹과 연관된 사건들과 공통점이 있다.' 는 의견이 충돌했습니다.

　[유나 엄마 이야기]를 둘러싼 진실 공방.

　과연 무엇이 진실일까요?

　[유나 엄마 이야기]는 그럴듯한 사진과 자료들을 이어붙인 픽션에 불과한 것일까요, 아니면 명백한 진실과 피해자 어머니의 진심을 담은 기록일까요.

　TKBC특집 '진실이 간다.' 에서는 앞으로 5회에 걸쳐 강남 나이트에서 일어난 살인사건의 진실을 파헤쳐 보겠습니다.

◇

　어느 날 갑자기 SNS에 출연한 컨텐츠 [진실이 간다].

　10분여의 짧막한 이 동영상은 [유나 엄마 이야기]와 함께 전국을 강타했다.

- 헐. 대박이야. 법정에서 증인 매수 사실이 드러난 건 진짜 있었던 일인가 봐.

- 증거 조작 관련 의혹도 명백해 보이던데.

- 목 졸라 죽은 사람을 칼로 찔려 죽었다고 조작한 게 가장 기가 막힘. 완전히 생사람 찍어서 범죄인 만드는 거 잖아.

- 그러게. 강간살인은 무기징역과 사형밖엔 규정된 게 없다며.

- 이게 모두 사실이라면 모두 들고 일어나야 함. 신화그룹이 뭐라고 살인죄까지 덮어줄려고 그래?

- 덮는 것도 모자라 다른 사람 죄인 만들려고 했다는 게 더 문제야. 돈이면 뭐든 해결되는 줄 아나보지? 이 참에 작살을 내야 함.

네티즌들은 분개했다.

아직 재판이 끝난 것은 아니었지만 동영상에서 제시한 증거들만으로도 충분히 누가 무엇을 잘못했는지는 명백해 보였다.

진실들에 관한 의견들이 한차례 들끓고 난 뒤, 사람들의 관심은 이번 사건을 맡았던 검사에게로 옮겨갔다.

- 법정에서 이걸 밝혀낸 검사 보소. 완전 천재인듯.

- 진짜 대단한 거 같아. 증거 조작이 있었다는 것을 눈치채고 따로 증거를 수집했잖아.

- 능력 쩌네. 이런 사람이 진짜 검사지.

- 어? 저 검사 낯이 익은데 어디서 많이 본 거 같아.

- 나 기억났어. 예전에 이시은 양 모의재판에서 이겼던 연수생이었잖아.

- ㅇㅇ 맞아. 지난번 '일제강제징용 사건' 대법원 공개 변론에서도 활약했었어.

- 와. 나이가 많아서 변호사가 된 줄 알았는데… 검사라니! 완전 멋져!

- 상대가 올해 퇴직한 전관 변호사라는데…. 거기다가 증거도 사라졌고, 증인까지 매수된 마당에 증거조사에서 완전히 밀어붙였어. 능력 개쩜. 완전 반했어!

- 신유생 검사님, 화이팅! 우린 검사님을 응원합니다!

- 절대 지면 안돼요! 우리나라의 미래가 걸려있어요!

- 이거 지면 난 이 나라 떠날란다. 돈 없으면 살인죄까지 덮어쓰는 이 나라는 정말 싫다!

검사 유생의 활약에 가슴이 뜨거워진 네티즌들은 자발적으로 '진실이 간다.' 컨텐츠와 [유나 엄마 이야기]를 이곳 저곳에 실어나르기 시작했다.

컨텐츠가 뿌려진 지 불과 3일 후.

:Legal Mind

드디어 강남 나이트 사건은 본격적으로 네이버과 같은 대형 포털에 머릿 기사로 오르기 시작했다.

모두 TKBC에서 미리 제작해 둔 기사들.

케이블 TV 본방송에서는 재미를 보지 못했던 기사들은 이제서야 빛을 발하기 시작했다.

불과 2주일 전까지만해도 유명 연예인의 스캔들 소식에 묻혔지만 지금은 이 기사로 다른 사건들이 묻힐 지경이었다.

"역시 예상대로야."

김경환 피디는 회심의 미소를 지으며 인터넷 이곳 저곳을 뒤져보았다.

페이지를 넘길 때마다 그의 작품이 언급되지 않는 곳이 없었다.

반응이 너무 뜨겁다보니 주요 신문사에서도 뒤늦게나마 관련 보도를 하기 시작했다.

"그래 봤자지. 우리에겐 검사에게 직접 요청해 받아온 진짜 증거들이 있다구."

김경환은 알고 있었다.

기사를 카피하긴 쉬워도 진짜 기사를 만들기는 어렵다는 것을.

진짜 기사를 만들기 위해선 진짜 '재료'가 필요했다.

남들에겐 없는 진짜 재료가.

옆에서 스마트폰을 살피던 오영근 피디도 맞장구 쳤다.

"작전이 기가막히게 들어맞았어요. '진실이 간다'는 유튜브에서 벌써 300만뷰가 넘었습니다. TKBC 진실이 간다 페이지는 팔로워가 100만이 넘었구요."

"훌륭해. 이 지경이 될 때까지 우리가 독점으로 보도할 수 있을 줄은 몰랐는데 말이지."

김경환은 웃으면서도 오싹함을 느꼈다.

포털에 검색어 순위 1위로 오를 때까지 다른 방송사나 언론이 꿈쩍도 안했다는 것은 한가지 사실을 가리키고 있었기 때문이었다.

'언론을 통제하기 위해서 신화그룹은 총력을 쏟고 있어.'

신문도 방송도, 모두 이익을 쫓는 기업.

이들의 입을 다물게 만들기 위해선 그에 상응하는 돈이 필요하다.

'겨우 몇십억 수준으로는 될 만한 일이 아니야.'

적어도 국민 300만이 알고 있는 이 시점에서도 3대 방송사 뉴스에서는 이 사실이 방송되지 않고 있다.

이는 신화그룹이 이번 사건에 얼마나 총력을 기울이고 있는지 알 수 있는 대목이었다.

:Legal Mind

또한 우려되는 것은 또 있었다.

"지금 제작비가 얼마나 남아있지?"

김경환의 물음에 오영근 피디는 난처한 표정으로 입을 열었다.

"지난번 3회 제작할 때 다 떨어졌습니다. 도중에 떨어지는 바람에 나중엔 제 돈으로 메꿨구요."

"아, 맞다… 그랬지."

제작비를 요청하긴 했지만 본사에서 나오지 않았다.

그런 탓에 김경환은 적금을 털어 300만원을 제작비 조로 오영근에게 주었다.

'제기랄… 출세하기 힘들구만.'

모든 상황이 좋았지만 자금 사정은 좋지 않았다.

프로그램이 이 정도로 호응이 좋으면 대개는 상당한 광고가 붙기 마련인데 이번엔 그 광고조차도 붙지 않았다.

'좋은 방법이 없을까?'

김경환의 미간에 수심이 어리자 오영근이 제안했다.

"총괄 피디님. 이러면 어떨까요?"

오영근은 자신만만한 얼굴로 말을 이었다.

"오늘부터 프로그램 말미에 후원을 요청하는 겁니다. 제작비를 모금한다면서요."

"아!"

그의 제안은 반짝이는 별빛과도 같았다.

이처럼 반응이 뜨겁다면 후원요청에 응하는 이들은 반드시 있을 터.

제작비 자체가 많이 들지 않는 프로그램이기에 단돈 100만원만 모여도 유용하게 쓰일 수 있다.

"좋은 생각이야! 어떻게 그런 생각을 한거야?"

"지난 번에 프로그램 만들다가 문득 생각이 나더라구요. 아직까지 광고가 붙지 않는 건 재벌들이 모두 결집해서 그런게 아닐까. 이 사건은 그만큼 그들에게 위협적인 것이 아닐까라는 생각이 들었어요."

김경환도 그의 생각에 동의했다.

"맞아. 이 사건은 앞으로 재벌들이 솜방망이 처벌을 받는 관행에 대해서 종지부를 찍을 거야. 그렇기 때문에 놈들이 결집한 것이고."

"시민들의 후원금으로 프로그램이 만들어지는 건 어찌 보면 당연해요. 재판은 그들의 것이 아니라 우리 모두의 것이고, 모두에게 공정해야 한다는 메시지도 전할 수 있으니까요."

희망이 보였다.

이 사건의 의미를 볼 때 그 제작은 재벌이 아니라 국민의 모금으로 하는 것이 맞았다.

생각이 서자 김경환은 지체없이 결정을 내렸다.

:Legal Mind

"좋아! 당장 그렇게 하자고. 지금까지 만들어진 프로그램 마지막에 후원을 요청하자고. 나는 별도로 제작비를 구할 수 있는 곳을 찾아보도록 할게."

"넵!"

다시 TKBC는 바빠지기 시작했다.

총 사원수 50명도 안되는 이 작은 케이블 방송국이 앞으로 어떻게 이 나라를 뒤흔들지는 아무도 알지 못했다.

◇

한편, 신화그룹 회장실의 분위기는 무거웠다.

강남나이트 사건이 포털에 뜨면서 더 이상 언론을 묶어두는 것은 힘들었기 때문이었다.

신동철의 입에서는 신음 비슷한 것이 흘러나왔다.

"크으… 돈으로 틀어막을 수 있는 건 2주 정도가 한계인가…."

지금까지 돈으로 해결할 수 없었던 것이 없었기에 이번 사태는 충격이 컸다.

인터넷을 중심으로 한 포털과 스마트폰을 중심으로 한 SNS.

이들 도구들은 얄밉게도 돈의 통제를 한참이나 벗어나 있었다.

그의 맞은편에서 차가운 목소리가 들려왔다.

새롭게 수임한 변호사 박동수. 그의 표정에는 아직 여유가 묻어있었다.

"그래도 당분간은 새로운 컨텐츠가 올라오진 못할겁니다."

"왜 그렇게 확신하지?"

신동철의 물음에 박동수는 미소를 띠며 대답했다.

"전국의 모든 기업에 협조를 받아 뒀거든요. TKBC측에는 단 한 건의 광고도 집어넣지 말라구요."

"흠…."

신동철은 감탄한 기색으로 고개를 끄덕였다.

프로그램을 만들기 위해선 돈이 필요하고, 방송국은 광고 수주로 수익을 창출해 낸다.

광고가 없다면 자금 압박에 시달리는 것은 불보듯 뻔한 일.

컨텐츠 만들 돈이 없어 재방송을 반복해 틀어주는 케이블 방송사가 그나마 있던 광고마저 끊긴다면 새로운 프로그램을 제작하는 것은 거의 불가능했다.

"역시… 자네를 수임한 보람이 있군."

신동철은 진심어린 눈빛으로 박동수를 바라보았다. 그리고는 말을 이었다.

"근데… 이미 인터넷에 풀린 정보가 너무 많아. 이 상태로 승산이 있겠나?"

"물론입니다."

박동수는 그 물음을 기다렸다는 듯이 웃으면서 말을 이었다.

"다행스럽게도 지난 공판에서 짜여진 판은 우리에게 유리하게 끝났거든요."

"뭐?"

언뜻 생각해선 납득이 가지 않는 말이었다.

증거 조작과 증인매수가 들통난 지난 공판. 이로 인한 여론도 엄청나게 거세지 않은가.

허나 박동수는 자신만만하게 입을 열었다.

"걱정 마십시오. 이번 재판, 이미 70%는 우리에게 기울었다고 보는 것이 맞습니다."

잠시 어리둥절했지만 곧 신동철의 입가엔 미소가 감돌았다.

"그래… 그렇단 말이지."

그는 박동수를 믿기로 했다.

일주일 남짓한 기간동안 박동수의 수완은 대단했다.

언론을 통제하고 심지어는 광고주들까지도 움직이는 배짱. 거기다 상대의 수를 훤히 읽는 통찰력.

이런 자가 그렇게까지 말한다면 분명 승산이 있을 터였다.

"내 자네만 믿겠네."

박동수는 고개를 숙였다.

그때 비서실장 최진우가 다급한 표정으로 들어왔다. 그는 태블릿 PC 내밀며 말했다.

"회장님! 이것 좀 보십시오."

신동철과 박동수는 그가 내민 화면을 보았다.

TKBC의 특집 프로그램 '진실이 간다'의 페이스북 페이지.

그곳에는 이렇게 쓰여 있었다.

[여러분들의 후원금을 받습니다. 단돈 100원, 아니 10원이라도 좋습니다. 모금된 후원금으로 이번 사건의 진실을 밝히겠습니다.]

그들이 놀란 것은 그 아래 달린 댓글들이었다.

10원이라도 모금에 참여한 이들이 적은 댓글의 수는 자그마치 10만명.

그들은 하나 같이 이렇게 외치고 있었다.

"진실을 밝혀 주세요! 더 이상 재벌들이 재판을 가지고 놀지 못하게 해주세요! 우리가 공정한 재판을 받을 수 있는 세상을 만들어 주세요!"

◇

유생의 사무실.

아침 일찍 찾아온 김경환은 유생에게 지금까지 진행된 과정들을 알려주었다.

"반응은 좋습니다. 아니… 좋다는 말로는 표현하지 못할 정도에요."

김경환의 얼굴에는 미소가 가득했다.

그는 벗겨진 머리를 한 번 쓸어올린 다음 안주머니에서 스마트폰을 꺼내보였다.

그가 보인 것은 페이스북 페이지.

한곳에 적힌 팔로워 수를 확인한 유생의 눈이 동그래졌다.

"150만! 정말 대단하군요."

그것뿐만이 아니었다. '좋아요' 숫자는 500만에 달했고, 응원댓글들도 상당했다.

"이건 시작일 뿐입니다."

김경환은 씨익 웃으면서 다음 페이지를 보여주었다.

그곳엔 후원금을 모금했던 페이지. 그는 수만개의 응원댓글들을 보여 주면서 말을 이었다.

"지난 방송 말미에 후원금을 요청했더니 벌써 10억 가까이 모였습니다."

"10억이요?"

"네. 저도 예상치 못한 결과였습니다. 광고가 들어오지 않아 힘들어하고 있었거든요. 하지만 이걸로 무사히 5회 분량까지 모두 찍을 수 있었습니다."

"그럼 남은 금액은요?"

유생의 물음에 김경환이 다른 페이지를 보여주며 대꾸했다. 빽빽한 숫자들이 적힌 페이지.

그곳에는 지금까지 모금한 현황과 지출내역들이 빠짐없이 적혀 있었다.

"모금받은 금액은 모두 이렇게 정산서를 만들어서 공개하고 있습니다. 남은 금액은 이번 사건이 무사히 끝난 후에 어떻게 쓸지 생각해 볼 계획입니다. 또, 여기 보시면 벌써 유투브 조회수는 500만 가까이 되어갑니다."

믿기지 않는 금액과 믿기지 않는 수치.

유생의 입은 쉽게 다물어 지지 않았다. 그 표정을 즐기면서 김경환은 다른 페이지를 보여 주었다.

이번에는 주요 포털의 메인화면이었다.

"이제 포털 메인에서도 이 사건을 다루기 시작했습니다. 이미 SNS를 점령하다시피 한 사건이니 공중파에 뜨는 건 시간 문제일 겁니다. 그리고… 이걸 한 번 보십시오."

김경환이 보여준 것은 '진실이 간다.' 5화 마지막 부분.

:Legal Mind

본방송이 끝날 무렵 나레이션을 하는 오영근 PD의 모습이 비쳐졌다.

그는 의미심장한 표정으로 한 가지 사진을 보여 주었다.

[이것은 당시 재판이 시작되기 전 우리 기자가 촬영한 사진입니다. 물론 이 사진은 '법정방청 및 촬영등에관한규칙'에 따라서 재판장의 허가를 받은 사진입니다.]

법정 내부의 사진.

아직 판사들이 입장하지 않은 가운데 수많은 사람들이 그곳에 앉아 있었다.

각자 소속 방송사와 신문사가 표시된 수첩을 들고 있는 기자들.

그들은 서로 이야기를 나누거나 메모를 하고 있다.

오영근의 목소리가 이어졌다.

[보시다시피 이들은 모두 기자들입니다. 저희 뿐만 아니라 당시 방청석은 대부분 기자들로 가득 차 있었습니다.

바로 이 부분에서 한 가지 의문이 들지 않으십니까?

공판에서 일어난 이 기가 막힌 일들을 취재한 건 저희만이 아니었습니다. 여기 수십 명의 기자들이 직접 보았습니다.

그럼에도 그 다음날 헤드라인 기사는 신문과 방송할 것

없이 연예인 K양의 스캔들이었습니다. 그리고 다음날 강남나이트 사건에 대해서 다룬 신문은 경인일보, 수도권신문 등 지역신문들 뿐이었지요.]

다시 카메라는 오영근을 비추었다. 잠시 말을 멈춘 그는 의미심장한 표정으로 입을 열었다.

[참 이상하지 않습니까? 왜 이 수많은 언론들은 이 사건에 대해 침묵했을까요? 왜 당시 기자들이 쓴 기사들은 세상에 나오지 못했을까요?]

잠시 후 그가 한마디를 남겼다.

[도대체 무엇이, 왜 이들을 입다물게 했을까요? 이와 관련된 정보가 있으신 분은 제보를 받겠습니다.]

여운이 남는 한 마디였다.
공판 당시 함께 있었던 수 많은 기자들. 그들은 분명 기사를 썼을 것이다. 그럼에도 그 기사가 세상에 나오지 못한 것에는 이유가 있을터.
그들이 침묵할 수 밖에 없었던 이유를 꼬집는 핵심적인 질문이었다.

:Legal Mind

이를 모두 보고 난 유생이 김경환에게 물었다.

"그래서 어떻게 되었나요? 제보는 들어왔습니까?"

김경환은 답하지 않았다.

대신 희미하게 웃으면서 자신의 페이스북 화면을 보여주었다.

그곳에는 수많은 링크들이 달려 있었다.

익명의 게시자들이 달아놓은 링크들. 그 제목은 그들이 누구인지 알 수 있는 것들이었다.

[편집장을 탄원한다.]

[파묻힌 진실에 대한 소고 – 연예인 K씨의 스캔들]

[잊을 수 없는 사실들 – 과거 재벌들은 어떻게 처벌 받았나?]

[긴급 공개 – 강남 나이트 사건 공판 당시 보았던 일들]

김경환의 기획으로 제작된 5부작 특집 '진실이 간다.'

비록 10분도 채 되지 않는 짧은 동영상이었지만 그 파급력은 짧지 않았다.

마지막 편이 공개된 다음날 드디어 공중파 3사 방송국이 움직이기 시작했다. 그들의 뉴스에서 앞다퉈 이를 보도

하기 시작한 것이다.

"SNS에서 뜨겁게 달아오르고 있는 '강남 나이트 사건'의 두번째 공판이 이제 5일 후 시작됩니다."

"공판에서 일어난 것으로 확인된 증거 인멸과 증인 매수 사실에 분개한 시민들이 시청 앞 광장에 모여 집회를 열고 있습니다."

"벌써 2천여 명이 모인 가운데 공정한 재판을 염원하는 시민들의 열기는 갈수록 뜨거워지고 있습니다. 다음 주 있을 공판 전날까지 계속되기로 한 이번 집회는 이번 주말에 가장 절정을 이룰 것으로 보입니다."

"'정의를 사랑하는 모임'을 포함한 전국의 17개 시민단체연합에서는 전국민 성명서를 발표했습니다."

시민단체들이 모여 발표한 성명서는 이러한 내용이었다.

[1948년 5월 10일 총선거를 통해 제헌국회를 구성하고, 8월 15일 정부를 수립한 우리 대한민국은 이제 63년째 되는 해를 맞고 있다.

이 시점에서 더욱 발전되어야 할 자유민주주의 이념은 더욱 망가져 공정한 재판이 이뤄져야 할 법정 마저도 돈에 의해 좌지우지 되고 있다.

41

:Legal Mind

지금까지 전관 변호사와 재벌의 알력에 의해 수많은 재판이 공정하지 못한 판결이 나왔다.

하지만 이번 사건은 그래선 안될 것이다.

전관 변호사와 재벌2세가 연루된 '강남 나이트 사건'

이 사건은 전 국민 모두에게 반드시 그 과정과 결과가 공개되어야 한다.

그래야 더 이상 이 나라의 원칙이 돈과 권력에 의해 꺾이는 것을 막을 수 있을 것이다.

우리는 지켜볼 것이다.

모두에게 공정한 원칙 하에서 진실이 가려지기를 간절히 바라는 마음으로.]

검찰청의 한 사무실.

그곳에서도 TV는 시민단체의 성명서 발표내용이 흘러나오고 있었다.

이를 보고 있던 차영욱 수석 검사는 끝까지 들은 후에 미소지으며 입을 열었다.

"구구절절이 옳은 말이군. 모처럼 시민단체가 제대로 된 소리를 하는 걸?"

그때 차영욱의 휴대폰이 울리기 시작했다. 확인해보니

전화번호 하나가 깜박거리고 있었다.

저장되어 있지 않는 번호. 허나 차영욱은 그 번호가 누구의 것인지 분명히 알고 있었다.

'총장님? 무슨 일이지?'

차영욱은 바로 전화를 받았다.

"차영욱입니다."

– 듣고만 있게나.

"네. 말씀 하십시오."

– 이번 건에 대한 지침을 바꾸겠네.

그 말을 듣는 순간 차영욱의 눈썹이 꿈틀거렸다.

허나 왜인지는 묻지 않았다. 분명 총장이 그 이유를 묻는 것은 불편해 할 터이니.

잠시 침묵하던 총장은 말을 이었다.

– 이 사건, 원칙대로 하게나.

"네. 알겠습니다."

전화는 끊어졌다. 차영욱은 피식 웃으며 입을 열었다.

"결국 이렇게 되는군."

"누군데요?"

묻는 이는 유생이었다. 그는 테이블 바로 옆에 앉아서 함께 TV를 보고 있었다.

"알잖아. 그분."

"아."

:Legal Mind

차영욱에게 지금까지 이야기를 전해들었던 탓에 유생도 그가 누구인지 짐작할 수 있었다.

유생이 고개를 끄덕이자 차영욱이 덧붙였다.

"원칙대로 하라고 하시네. 처음엔 좀 살살하라고 하시더니."

"하긴. 그럴수 밖에 없겠는데요?"

유생은 지금 막 TV에서 나오는 내용을 가리켰다. 그곳에는 속보라면서 자막 하나가 흘러나오고 있었다.

['강남 나이트 사건 특별법 제정']

국회의원 몇몇이 모여서 준엄한 표정으로 결의를 하는 모습이 보였고, 그 중 한명이 특별법을 제정하기로 한 이유를 설명하고 있었다.

"이번 사건 국민에게 생중계를 허가한다는 내용이래요."

"헐. 발 빠르네…."

헌정 사상 유래없는 형사사건의 공개방송.

대법원 공개 변론이 시작된 마당에 특이할 것은 없다고 할 수 있겠지만 형사사건의 공개재판은 전 세계적으로도 유례가 없는 일이었다.

"정말 놀라운 일인데요. 형사재판 공개는 무죄추정의

원칙에 반하는 일 일텐데…."

"정상적인 사회라면 공개하지 않는게 맞지. 하지만 지금은 전국민이 재판의 공정성을 의심하고 있어. 방송의 목적이 재판의 공정함을 담보하기 위한 것이라면, 게다가 이번 사건에 한해서 특별히 TV중계를 하는 것이라면 그리 무리랄 것도 없지."

차영욱의 눈빛이 깊어졌다.

'하긴….'

또한 유생도 마찬가지였다.

3주전 김경환 피디가 자신에게 했던 말이 스쳐지나갔다.

– 이주일. 정확히 이주일 뒤면 전국의 모든 국민은 이 사건을 알게 될 겁니다. 그리고 삼주 후 열리는 공판은 TV생중계가 될 것입니다. 언론과 국민은 검사님 편에 설 겁니다. 제 이름을 걸고 약속드리지요.

'그자의 말이 맞았어.'

유생이 천천히 고개를 끄덕였다. 당시에는 그렇게까지 되리라곤 미처 생각지 못했다.

허나 이제 김경환 피디의 말은 현실이 되었다.

이제 남은 것은 단 하나.

'내가 이기는 것 뿐이군.'

모두가 지켜보고 있는 재판에서 유생은 반드시 승리해야 했다. 이 사건을 이겨야 모두에게 지금까지 그들이 한 것들이 명백하게 잘못된 것이고, 더 이상 그런 꼼수가 통하지 않음을 세상에 알릴 수 있다.

차영욱의 목소리가 들려왔다.

"신 검사. 이번 공판 이길 수 있겠어?"

"물론이죠."

유생이 씨익 웃자 차영욱도 같이 웃었다.

"난 자네만 믿어."

"네. 걱정하지 마세요."

유생이 끄덕일 때였다. 그의 귓가에서 소름끼치는 웃음소리가 들려왔다.

— 크크크크….

'뭐지?'

유생은 주위를 두리번거렸으나 차영욱 밖에는 아무도 없었다. 수사관들도 자리를 비웠기에 다른 인기척이 있을 리도 없다.

"무슨일이야?"

"아무것도 아닙니다."

대답은 했으나 기분이 이상해진 유생은 곧 자리에서 일어났다. 말할 수 없는 불길한 기운이 그의 등 뒤에서 느껴졌다.

유생은 차영욱에게 인사를 하며 말했다.

"저는 이번 공판 준비를 하러 가보겠습니다."

"그래. 전 국민이 지켜보고 있어. 털끝만큼의 착오도 있어서는 안돼!"

"넵."

유생은 자신만만하게 웃으며 방을 나왔다.

그리고 사무실 문을 닫는 순간 다시 예의 그 소름끼치는 목소리가 들려왔다.

- 넌 못이겨.

'뭐?'

- 크크크…. 지금으로선 무리라는 것이다, 애송이.

장태현의 목소리.

그 소름끼치는 속삭임은 지금까지 좋았던 유생의 기분을 차갑게 식혔다.

'그럴리가 없어!'

지금까지 검토로는 충분히 승산이 있었다. 결정적인 증거와 변론 내용도 검토했다.

'이 이상 완벽할 수는 없다!'

허나 목소리는 그것을 부정했다.

– 과연 그럴까? 뭐 마음대로 하라고. 상대가 너 같은 애송이라면 넘어갈 수 있을지도 모르지만…. 나라면 너의 그 얄팍한 논리 따위는 갈가리 찢어버릴 수 있지.

유생의 걸음이 빨라졌다. 등에서 식은땀이 주르륵 흘러내렸다.

'그럴리가…. 없어.'

사무실로 돌아온 유생은 다시 닥치는 대로 자료를 뒤지기 시작했다.

장태현의 목소리. 그것은 분명 환청이었지만 유생에겐 그렇게 느껴지지 않았다.

'찾아야 해. 지금까지 증거들과 내 논리의 헛점이 무엇인지.'

공판까지 남은 기간은 5일.

유생은 그 안에 결코 질 수 없는 판을 만들어야 했다.

'만약 여기서 진다면… 모든 것이 끝이야!'

유생은 필사적으로 검토하기 시작했다.

그의 운명과 대한민국 사법부의 신뢰가 걸린 재판. 유생은 여기서 만큼은 절대로 지고 싶지 않았다.

◇

TV에서는 [강남 나이트 사건 특별법]에 대한 내용이 한참 흘러나오고 있었다.

며칠째 통과 여부를 놓고 시비하던 국회의원들.

대다수는 당연히 통과시켜야 한다고 주장했다.

반면 몇몇 교수출신의 의원들은 세계 역사상 유례없는 '형사사건재판의 TV중계'가 과연 옳은 것인지 조심스러운 의견을 내비치기도 했다.

허나 들끓는 여론 앞에서 이들의 의견은 모두 갈대처럼 굽어졌고, 결국 표결은 만장일치로 통과되었다.

공판까지 남은 기간은 2일.

이제 대통령의 법률안 승인이 있은 후 공포만이 남은 상황이었다.

사무실 테이블에 앉아서 TV를 보던 중년인.

전관 변호사 이기범은 눈살을 잔뜩 찌푸리고는 자욱한 담배연기를 내뿜으며 입을 열었다.

"무죄추정의 원칙이 지켜져야 할 형사재판이 TV생중계

:Legal Mind

가 되다니…. 세상에 별 일이 다 있군. 국가 망신에 사법부의 권위가 땅에 떨어졌어."

"그러게 말입니다. 그런데도 지금 국회에서 무죄추정의 원칙이라는 말을 꺼냈던 의원은 그 한마디 때문에 인터넷에서 완전 매국노 취급당하고 있어요."

대꾸하는 이는 이경찬이었다.

바다로펌의 한 사무실에 앉아 있는 그들은 담배연기를 연거푸 내뿜으면서 TV를 보았다.

TV에서는 대통령이 자못 근엄한 표정으로 법률안을 승인하는 장면이 보였다.

이기범은 여전히 못마땅한 듯 내뱉었다.

"클…. 이건 완전히 중우정치(衆愚政治)에 우민정치(愚民政治)야. 배우지도 못한 것들이 뭐 법을 안다고 떠들어? 국회와 대통령도 그래. 어리석은 놈들이 아우성 좀 한다고 거기에 휘둘려서 법을 만드는 꼴이라니."

옆에 있던 이경찬도 맞장구쳤다.

"뭐, 요즘 정치하는 것들이 다 그렇지 않습니까? 여기서 밑보이기라도 하면 대중들에게 낙인 찍힐테고, 그렇게 한 번 낙인찍히면 다음 선거 힘들어 질테니까 눈치나 보면서 몸 사리는 거죠."

"헹! 낙인은 무슨 낙인. 어차피 이것도 잠깐이라고. 이제 3개월만 지나봐라. 싹 다 잊어버릴 걸?"

호언장담하는 이기범을 보며 이경찬도 동의했다.

"그건 맞는 말씀입니다. 3개월이 뭡니까. 2개월만 되도 이런 일이 언제 있었냐는 듯이 잠잠할 겁니다. 지금 경제도 어려워서 자기 먹고 살기도 바빠 죽겠는데 남의 이야기 듣고 신경쓸 새가 어디 있겠습니까?"

"그러니까 말이야. 이럴 때는 그냥 모르쇠- 하면서 시간을 끌면 다 잊혀질 텐데…."

그때 TV에서 대통령의 목소리가 흘러나왔다.

- 국회의 만장일치로 통과된 [형사재판공개에 관한 특별법]을 지금 즉시 공포하는 바입니다. 또한 시급한 사안인 만큼 바로 내일부터 그 효력이 발생함을 지금 이 자리에서…….

"쯧!"

강하게 혀를 차면서 이기범은 TV를 껐다.

리모컨을 내려 놓은 테이블 위에는 각종 신문들과 종이들이 널려 있었다.

지난 공판을 맡았던 변호인이 이기범임을 알리는 신문들.

그가 변호사법을 위반해 사건을 수임한 전관 변호사라는 사실들이 대문짝 만하게 실려 있었다.

또한 그 중에는 신화그룹에서 이기범을 해임하고 대신 바다로펌의 간판변호사 박동수를 변호인으로 내세운다는 소식도 있었다.

"제길… 되는게 없구만."

전관 변호사 이기범.

그는 지금 지옥과 같은 시간들을 보내고 있었다.

남들은 한창 때라는 전관 6개월차에 수임은 모두 끊겼다. 거기다 지난 공판 이후부터 줄곧 안좋은 소식이 이어졌기 때문에 그의 몸과 마음은 극도로 피폐해진 상태였다.

"후우…."

이기범은 독기를 내뿜듯 진한 연기를 내뱉었다. 곧 재떨이에 담배를 눌러 끄고는 이경찬을 바라보며 입을 열었다.

"나는 그렇다치고 자네가 걱정이야."

이경찬이 굳은 표정으로 잠자코 있자 그가 말을 이었다.

"아마 박동수는 자네를 가만두진 않을 것이네."

"네?"

이경찬은 아직 모르겠다는 표정이었다. 이기범은 그를 보며 딱하다는 듯이 입을 열었다.

"박동수는 완벽주의자야. 이제 신화그룹이 박동수와 계약했다면 그 녀석의 딜은 하나지."

잠시 생각하던 이경찬이 입을 열었다.

"설마 무죄… 인가요?"

이기범은 픽 웃으며 고개를 저었다.

"그럴리가 있나. 내가 무죄를 만들려다가 이 지경에 이른 것 아닌가."

"그렇다면…."

좀처럼 답을 내지 못하고 있는 이경찬에게 이기범은 눈을 빛내며 말했다.

"놈은 집행유예를 노릴걸세."

이경찬의 눈이 동그래졌다.

"집행유예라니요. 그게 가능하기나 한 이야깁니까?"

지난 공판에서 진실은 거의 밝혀졌다.

범행 도구는 끈이었고, 증거인멸과 증인매수 사실 역시도 거의 드러났다.

이런 상황에서 집행유예가 가능하다는 것은 도무지 믿기지 않았다.

이기범은 의미심장한 눈빛으로 말을 이었다.

"자네… 부장 노릇만 하더니 벌써 감이 무뎌졌구만."

"그, 그게…."

"지난 공판으로 드러난 사실들만을 잘 생각해 보게. 그러면 자네에게도 그 길이 보일꺼야. 이 재판을 집행유예로 끌고 갈 수 있는 길이."

i:Legal Mind

이경찬의 눈빛이 깊어졌다.

그는 잠시 눈을 감고 지난 공판에서 나왔던 증거들을 하나하나 떠올려 보았다.

'드러난 진실과 집행유예라… 도대체 뭐가 그걸 가능하게 할까.'

생각하는데는 그리 오래 걸리지 않았다.

집행유예가 되는데 필요한 것들이 하나 둘 떠오르자 어떤 줄거리가 머릿속을 휙 스쳐 지나갔다.

이경찬은 눈을 번쩍 떴다.

'분명 가능해. 집행유예를 받아낼 방법은 있어! 다만 그러기 위해선….'

그제서야 이경찬은 이기범이 뜻한 바를 이해할 수 있었다.

자신이 위기에 처해 있다는.

'마, 말도 안돼.'

이경찬의 얼굴은 순식간에 창백해 졌고, 이를 읽은 이기범이 입을 열었다.

"이제 알았나보군. 지금 가장 위험한 것은 자네야."

"그렇군요."

이경찬이 식은 땀을 흘리며 고개를 끄덕이자 이기범이 다시 입을 열었다.

"자네, 따로 변호사는 고용했는가?"

이경찬이 난처한 표정으로 고개를 젓자 이기범이 이를 드러내며 웃었다.

"그럼 나는 어떤가? 내 비록 신화그룹측에서는 물러났지만 자네를 위해서라면 마지막 힘을 빌려줄 수 있네. 어떤…"

그때 사무실 문이 딸깍 소리를 내며 열렸다.

단정하고 중후한 인상의 중년인. 이기범은 한눈에 그가 누군지 알 수 있었다.

"아니, 대표님 아니십니까?"

바다로펌 대표 변호사 김우현.

서울대학교 법학과 졸업에 제20회 사법고시 합격. 81년 도에 변호사로 개업한 그는 국내에 진출한 외국계 은행의 법률 고문으로 활약하면서 입지를 굳힌 자였다.

이기범과는 연수원 동기였지만 대학교 2년 선배였다. 이기범과 이경찬은 자리에서 일어나 예를 차렸다.

"대표님께서 여긴 무슨 일로…"

"자네에게 할 말이 있어서 왔네."

이기범이 이경찬에게 눈짓하자 김우현이 고개를 저었다.

"아니. 자네도 들어둘 필요가 있어. 여기 있게나."

"네."

순식간에 분위기는 무거워졌다.

김우현은 품에서 뭔가를 꺼내더니 이기범에게 내밀었다. 그것은 흰색 봉투. 한쪽 귀퉁이에는 대한변호사협회라는 글씨가 적혀 있었다.

"대변협에서 자네에게 보낸 걸세."

대변협이란 말에 이기범이 움찔거렸다. 봉투를 받아든 그가 머뭇거리자 김우현이 다그쳤다.

"지금 바로 뜯어보게. 그 다음에 나도 할 말이 있으니까."

거역할 수 없는 목소리.

이기범은 김우현의 눈치를 살피며 봉투를 뜯어보았다.

김우현은 지금까지 한번도 본적없는 표정을 하고 있었다. 언제나 인자하게 웃으며 부드러운 목소리로 부탁하던 그는 이제 없었다.

단호하고 무거운 얼굴로 싸늘하게 쏘아보는 그는 마치 법대에 올라있는 판사와도 같았다.

'쳇. 내가 판사 생활할 때는 말도 함부로 하지 못했었는데….'

이기범은 과거가 그리워졌다. 아무도 자신을 함부로 대하지 못했던 판사시절이.

이기범은 한숨을 내쉬며 봉투 안에 들어있는 편지를 꺼냈다.

'기껏해야 3개월 정직 정도일까?'

그는 이미 감을 잡고 있었다. 왜 대한변호사협회에서 자신에게 편지를 했는지. 그 내용이 무엇인지까지도.

　허나 내용물을 읽는 순간 이기범의 얼굴은 완전히 굳어버렸다.

　'이럴수가!'

　이기범의 머릿 속은 새하얘졌다. 아무것도 생각할 수가 없었다.

　그가 아무런 반응이 없자 김우현이 입을 열었다.

　"뭐라 적혀 있는가?"

　"……."

　김우현은 그의 손에서 편지를 뺏어들었다. 편지에는 이렇게 적혀 있었다.

　통고장

　변호사 이기범은 지난 '강남나이트 사건' 형사공판 당시 변호사법 제31조 3항을 위반한 것이 확인되었으므로, 본법 제90조 및 제91조에 따라 그 징계로서 대한변호사협회에서 제명되었음을 통고함.

　"제명이군."

　무기한 제명.

더이상 변호사로서 활동할 수 없다는, 일종의 정직처분이었다.

옆에 서 있던 이경찬이 숨을 삼켰다. 김우현은 이경찬을 한번 본 뒤 다시 이기범을 향해 입을 열었다.

"자네와의 계약은 여기까지야. 되도록이면 오늘 안으로 나가 줬으면 하네."

"…네."

김우현은 그대로 나가버렸다.

이기범은 머리를 감싸쥐며 털썩 주저 앉았다. 상황을 파악한 이경찬도 어색하게 인사한 뒤에 밖으로 나갔다.

◇

이틀 뒤, 서울지방법원.

강남 나이트 사건의 두번째 공판 기일이 다가왔다.

주요 방송사 기자들이 몰려들었고, 사전에 허가받은 카메라들이 법원 내부로 옮겨졌다.

사상 초유의 형사재판 공개.

수많은 리포터들이 이 상황을 실시간으로 중계하고 있었다.

"드디어 신화그룹 막내아들 신종호씨를 피고인으로 하

는 강남 나이트 사건의 2차 공판 기일이 열렸습니다."

"지난 1차 공판에서 대부분의 증거조사를 마쳤기 때문에 오늘은 주로 변론 위주로 진행될 것으로 보입니다."

"더이상의 결정적인 증거가 없다면 피고인 신종호씨의 유죄가 확실시 된다는 전문가들의 의견이 많습니다만, 과연 검사가 기소한 강간살인죄가 그대로 성립할 것인지에 대해서는 의견이 갈리고 있습니다."

오전 11시.

공판이 시작되려면 세시간은 지나야 했지만 이미 법정 방청석은 만석이었다.

일찍부터 재판을 보기 위해 모여든 시민의 수는 너무나도 많았다. 그들은 고작 100명 정도 밖에 들어갈 수 없는 법정의 협소함에 불만을 토했다.

"아, 뭐야. 이거 보려고 휴가까지 내고 왔는데."

"난 집이 부산인데 여기까지 왔어요. 애들 교육에 좋을 것 같아서 애들이랑 함께 왔다구요."

"아침 9시에 왔는데도 못들어가네. 도대체 저 안에 앉은 사람들은 몇시에 온거야?"

"아까 물어보니까 새벽부터 법원 정문 앞에서 줄서고 있었다네요."

:Legal Mind

"헐…. 대단하네."

"그나저나 이대로 돌아가기엔 너무 아쉬운데… 요 앞
잔디밭에다 스크린 같은 거 설치 안해주나?"

법정에 모인 수많은 인파들.

이들의 불만을 잠재우기 위해 결국 서울시장이 나섰다.
그는 바로 법원장의 허락을 얻은 후 법원 앞 잔디 밭에 스
크린을 설치했다.

그밖에도 함께 모여서 방청하고 싶어하는 시민들을 위
해 시청 앞 광장, 올림픽 공원 등의 장소에 스크린을 설치
하고 참여를 유도했다.

1시간 일찍 법원에 도착한 유생은 먼저 기자들의 플래
시 세례를 받아야 했다.

"신유생 검사님. 이번 공판, 승리를 확신하십니까?"

"전문가 몇몇은 강간살인죄가 그대로 성립하긴 힘들다
고 보는데 어떻게 생각하십니까?"

"승리를 기원하는 국민들에게 한 마디만 해주시죠."

유생은 이미 인기스타나 다름없었다.

지난 공판 상황을 몰래 촬영했던 누군가가 유생의 신문

장면을 인터넷에 유포했던 탓이었다.

전관 변호사에 맞서 싸우고 권력에 타협하지 않는 검사 신유생.

수많은 국민들은 유생이 이번 공판에서 진실을 밝혀주기만을 기대하고 있었다.

허나 유생은 말을 아꼈다.

"아직 말씀드릴 수 있는 것은 아무 것도 없습니다."

또한 재판의 원칙을 당부하는 것도 잊지 않았다.

"재판이 확정되기 전까지 피고인은 죄인이 아닙니다. 부디 그 점을 명심해 주시길 부탁드립니다."

유생은 단 두마디 만을 남긴 채 법정 안으로 들어갔다.

빼곡히 들어찬 법정 안.

숨막힐듯한 열기와 기대가 내부를 가득 채우고 있었다. 유생이 들어서자 방청석의 수많은 사람들의 시선이 일제히 집중했다.

– 우와. 저 사람이야.

– 신유생 검사. 나 저 사람 변론하는 거 몇 번 봤어.

- 나도나도. 이시은 양 사건 모의재판이랑 대법원에서 일제강제징용 사건 공개변론 했던 거.

- 일제강제징용 사건 때는 정말 울컥 하더라. 왜 이제껏 배상이 안되고 있는지 그때 처음 알았어.

- 이번에도 이겨야 할텐데.

- 꼭 이겨서 더이상 재벌들이 법정에서까지 갑질하는 꼴은 안봤으면 좋겠어.

그들의 속삭임은 고스란히 유생의 귀에 전해졌다.

자신에게 걸린 기대와 염원이 보통이 아님을 깨닫자 유생의 마음은 더욱 무거워졌다.

미리 도착한 차영욱이 검사석에서 손을 들어 반겼다.

"인기스타가 따로 없구만. 난 연예인 K양과 연애하는 M군이 온 줄 알았어."

"에이… 수석님도…."

유생은 어색하게 웃었다. 그때 저 멀리서 플래시가 번쩍 하면서 터졌다.

차영욱은 힐끗 돌아본 다음 빙긋 웃으며 말했다.

"여봐. 이렇다니까. 내가 웃을 땐 번쩍 거리지 않는데 신 검사가 웃으니까 뭐 주변이 난리도 아니네."

차영욱의 말은 과장이 아니었다.

유생이 주변을 둘러보자 방청객 대다수와 눈이 마주쳤다.

정확히 자신을 향하고 있는 초롱초롱한 눈빛들. 유생과 눈을 마주친 그들은 활짝 웃으며 손을 흔들어 인사했다.

'으윽!'

유생은 얼굴을 붉히며 재빨리 고개를 돌렸다.

수많은 사람들의 환대와 관심.

법정 안에서 이렇게까지 많은 주목을 받는 것은 처음있는 일이었기에 긴장되기도 했다.

'정신차리자. 재판에 집중해야 해.'

증거조사는 성공리에 마쳤지만 아직 끝난 것은 아니었다.

다끝났다고 방심해도 될만큼 쉬운 사건이 아니다.

유죄판결을 이끌어 내기 위해서는 오늘 변론절차에서 상대의 모든 반론을 이겨내야 한다.

'자칫하면 질 수도 있어.'

유생은 준비해 온 서류들을 책상 위에 올려놓았다.

지난 밤 늦게까지 꼼꼼히 검토했던 사건 서류들.

거의 외울 정도로 보았던 탓에 유생은 지금까지 어떤 부분을 놓치고 있었는지 파악할 수 있었다.

'부디 계산대로 흘러갔으면 좋겠는데….'

그때 누군가 그에게 다가와 뭔가를 내밀었다.

얇은 서류봉투. 고개를 들어보니 국과수 이채영 부검의

가 활짝 웃으며 서 있었다.

"어젯밤에 요청하신 거에요."

"아."

봉투를 열어보니 얇은 서류 뭉치가 나왔다. 그것은 이채영이 부검한 한유나 시신의 부검기록이었다.

"감사합니다."

이채영은 서둘러 서류를 검토하는 유생을 보며 당부했다.

"감사할 건 없구요, 이번 사건 꼭 이기셔야 해요."

유생은 빙긋 웃으며 대답했다.

"최선을 다 하겠습니다."

그때 이채영 옆에서 누군가 불쑥 끼어들었다.

"최선으론 안 돼죠, 검사님. 반드시 이겨야 합니다."

"맞습니다, 형님. 여기서 지면 정말 아무것도 안 된다구요!"

유생이 보니 김순철 경장과 마동석이 와 있었다.

증인 신분으로 법정에 참석한 이들.

상대가 혐의를 부인할 것을 대비해 증인으로 참석해 줄 것을 부탁한 자들이었다.

마동석이 분한 듯 이를 갈며 이야기했다.

"형님. 저는 저놈들 때문에 억울하게 무기징역을 살 뻔했어요. 이런 일이 일어나면 절대로 안 됩니다. 앞으로도 꿈도 꾸지 못하게 본때를 보여주셔야 해요.”

"맞습니다. 돈으로 증거를 인멸하고 증인까지 매수하려하다니… 아직도 그때를 생각하면 아득해요. 검사님 말씀을 듣지 않았다면 이렇게 마음 편하게 있지는 못했을 겁니다. 꼭 이겨주세요.”

김순철의 얼굴이 붉어졌다. 그 역시도 지난 공판 당시를 생각하면 분이 쉽게 가라앉지 않는 듯했다.

유생은 그들의 손을 한번씩 잡고는 고개를 끄덕였다.

"알겠습니다. 꼭 이기겠습니다.”

이채영과 마동석, 김순철을 자리로 돌려보낸 후 그들의 뒷모습을 보며 유생은 생각했다.

'이 싸움. 이건 단지 나만의 싸움이 아니었어.'

강남 나이트 사건.

이 사건의 본질은 단순한 강간살인사건이 아니었다.

재벌이 돈으로 정의를 사려했고, 그로인해 무고한 이가 누명을 쓸 뻔했다.

'지금까지 어땠을지는 모르지만, 이제부턴 안된다. 결코 정의가 돈에 흔들리지 않는다는 것을 보여주마.'

유생은 주먹을 불끈 쥐었다.

따뜻한 온기. 방금전 마동석과 김순철의 손에서 느껴졌던 따뜻한 온기가 그의 몸속으로 스며드는 것 같았다.

◇

30분 후.

이경찬과 박동수가 법정으로 들어왔다.

검사석에 앉아있는 유생을 발견한 박동수가 발걸음을 멈추었다.

'어떻게 저자가 여기 있을 수가 있지?'

2주전, 신화그룹 회장 신동철이 검찰총장에게 전화하는 것을 바로 옆에서 확인한 그였다.

'분명 조치를 취했다고 했는데….'

박동수의 미간에 주름이 잡혔다. 그의 심각한 표정을 보며 이경찬이 입을 열었다.

"아무래도 착오가 있었나 보군."

"네? 착오라뇨?"

박동수는 시치미를 뗐으나 눈치 100단인 이경찬의 눈을 속일 수는 없었다.

아무런 말이 오가지 않았지만 이경찬은 박동수의 표정만으로도 그가 무엇 때문에 그러는지 단박에 알 수 있었다.

"윗선에 압력을 넣어 둔 것 같은데…. 그전에 공판기록 정도는 미리 확인하지 그랬어."

공판기록이란 말에 박동수의 눈이 휘둥그레졌다.

자리에 앉은 그는 가방에서 공판기록을 꺼내 훑어보더니 다시 인상을 구겼다.

"제길…."

이경찬은 아쉬워하는 박동수를 보며 빙긋 웃었다.

"아쉽겠어. 한번만 확인했다면 지금 저 자리엔 신유생이라는 놈이 없었을 텐데…."

노골적으로 비웃으며 이경찬은 박동수에게 물었다.

"왜 그러는가? 자네 설마 신유생을 상대로 자신 없는 건 아니겠지?"

비록 초년차 검사였지만 신유생이란 이름은 로펌에선 결코 가볍지 않았다.

지난 6개월 동안 여든 건이 넘는 사건에서 승률 100%를 기록한 신유생.

그 중 다수는 대형로펌들의 쟁쟁한 변호사들을 상대로 따낸 승리라는 것을 생각하면 경이적인 기록이었다.

허나 박동수는 피식 웃었다.

"그럴리가 있겠습니까? 모처럼 쓴 값비싼 카드가 아까워서 그런 거지요."

아직 유생과 상대해 본 적 없는 그로선 자신감은 충만했다. 게다가 지금의 상황은 그리 나빠보이진 않았다.

'아직 쓸 수 있는 카드는 많이 남아 있다. 아니 쓰고도 남을 정도지.'

쓸 수 있는 수단은 모두 쓴다.

그것이 바다로펌의 간판 변호사 박동수의 원칙.

박동수는 자신만만하게 웃으며 말을 이었다.

"오늘 신 검사의 승률에 흠집이 나게 될 겁니다. 바로 내가 그에게 이 세계의 쓴 맛을 보여 줄 겁니다."

박동수는 이경찬을 보며 미소지었다.

싸늘한 미소. 마치 독사가 먹잇감을 노려보는 듯한 느낌에 이경찬의 머리털이 쭈뼛 섰다.

'빌어먹을 놈!'

이경찬은 그 눈빛의 의미를 알고 있었다. 하지만 어떻게 해야할지에 대해선 아직 결정하지 못했다.

'내가 이대로 호락호락 당할 것 같으냐.'

이경찬은 이를 악물었다.

재판이 시작될 때까지 남은 시간은 30분.

이경찬은 눈을 감고 생각에 잠겼다. 허나 그 앞에 놓여 있는 선택지는 아무리 생각해도 그리 많지 않아보였다.

◇

법정 내부는 뜨거운 열기로 숨이 막힐 지경이었다.

시계가 오후 두시를 가리켰다.

곧 수많은 방청객들과 카메라가 지켜보는 가운데 판사

세 명이 법정으로 들어왔다.

사상 초유의 형사공개재판이라 그런지 판사들의 표정은 굳어 있었다.

자리에 앉은 재판장 김동수 부장 판사가 근엄한 목소리로 입을 열었다.

"원칙적으로 형사재판의 공개방송은 허용되지 않습니다. 심리과정의 일부가 잘못된 형식으로 공개될 경우 피고인의 무죄추정의 원칙이 훼손될 우려가 있기 때문입니다.

거듭 말씀드리지만 재판 중에 있는 피고인은 죄인이 아닙니다.

이번 사건 재판이 공개된 것은 어디까지나 재판의 공정성을 담보하기 위한 것입니다.

판결이 나기 전까지는 피고인에 대한 그 어떤 비난도 삼가해주시기를 부탁드리겠습니다."

재판장은 검사를 보며 말을 이었다.

"먼저 검사측 나와서 모두 진술해 주세요."

깊게 숨을 내쉰 유생이 자리에서 일어나 입을 열었다.

"지난 공판때 제시한 증거물들은 명백히 피고인들의 죄를 증명하고 있습니다.

피가 남아있지 않는 현장사진과 증인 김순철 경장을 매수하려 했던 사실. 그리고 CCTV에 찍혀있는 나이트 클럽 화장실에 숨어있던 피고인 신종호의 모습.

이상의 증거들로 미루어 보면 피고인 신종호는 피해자 한유나를 강간살인 한 것이 분명합니다.

또한 피고인 이경찬 역시 신종호 측의 청탁을 받아 뇌물을 받은 후 시체를 훼손하고 검안서 역시 위조하는 등으로 증거를 인멸했음이 분명합니다.

따라서 본 검사는 피고인 신종호을 강간살인죄, 피고인 이경찬에 대해서는 증거인멸죄 및 수뢰후 부정처사죄로 공소를 제기하는 바입니다."

지난 공판을 본 이들은 모두 유생의 말에 고개를 끄덕였다.

그가 언급한 증거들은 이미 언론과 인터넷, SNS에 뿌려졌기에 모두가 알고 있는 내용이었고, 혐의는 명백해 보였다.

– 역시 직접 와서 보니까 너무 멋있다.

– 과연 이대로 신종호는 처벌되는 것인가.

– 별 수 있겠어? 증거는 명백해. 게다가 이렇게 카메라가 버젓이 찍고 있는데 이제 와서 뒤집을 수는 없을 거야.

- 그렇긴 해. 섣불리 되도 않는 말로 변호하려 하다간 여론만 나빠져서 신화그룹 이미지에 큰 타격만 입을 테니까.

대부분 유생의 낙승을 예상한 가운데 판사가 입을 열었다.

"그럼 변호인 측, 모두 진술 하세요."

"네."

박동수는 눈을 빛내며 일어났다. 그는 방청석을 한번 주욱 둘러본 후 입을 열었다.

"검사 측에서 제시한 증거들에 대해선 부인하지 않겠습니다. 하지만 그 증거들로 도출한 범죄혐의에 대해선 이의를 제기합니다."

순간 방청석은 물론 모든 이들이 숨을 죽였다.

도무지 이해할 수 없는 발언이었다. 그토록 완벽해 보이는 증거들 앞에서 변호인 박동수는 자신만만한 얼굴로 혐의를 부인하고 있었다.

- 도대체 어떻게 혐의를 부인한다는 거지?
- 나도 모르겠어. 감이 전혀 안잡혀.
- 무슨 말을 하려는 걸까? 완전 궁금해.

:Legal Mind

방청객들의 속마음을 훤히 들여다보는 듯 박동수의 입가엔 희미한 미소가 그려졌다.

그가 다시 입을 열었다.

"검찰이 제시한 증거들이 정확하게 가리키는 것은 피고인 신종호가 사건 당시 나이트클럽에 있었고, 피해자 한유나와 같은 방에 있었다는 사실 뿐입니다.

물론 증거가 조작되었다는 정황도 보입니다만, 피고인 신종호가 직접 한유나를 살해한 장면이 없는 이상 단지 이것만으로 그가 강간살인을 저질렀다고 볼 수는 없습니다.

일단 시체에서 정액이 발견되었다는 증거 역시도 없지 않습니까?"

박동수의 질문은 고요한 연못에 던진 돌처럼 커다란 파문을 일으켰다.

고요하던 법정이 술렁이기 시작했다.

─ 맞아. 지금까지 제시된 증거에는 피고인의 정액이 없어. 정액이 없는 상태에서 강간살인이 성립된다는 건 말이 안되지.

─ 헐. 그렇네. 지난 공판에선 이범수와 이기범이 작성한 검안서가 위조되었다는 사실만 있어. 정액에 대한 이야기는 없다고.

─ 정액을 어디서라도 구해오지 않으면 강간살인은 힘들

겠어. 살인이면 몰라도.

눈치빠른 이들은 벌써 박동수의 의도를 알아채기 시작했다.

잠시 뜸을 들인 박동수가 다시 입을 열었다.

"지금까지 제시된 증거들로 알 수 없는 사실은 또 있습니다."

법정은 다시 고요해졌다.

방청객들의 눈빛은 모두 박동수를 주목했고, 그는 웃으며 말을 이었다.

"과연 신종호는 살인의 고의를 가지고 있었을까요? 지금까지 증명된 사실들. 즉, 단지 피해자와 같은 방에 있었고, 사건이 일어나던 날 밤 나이트 화장실에서 숨어 있었다는 것들로는 신종호가 당시 살인의 고의를 가졌다는 사실을 증명할 수 없습니다.

설사 검찰의 주장대로 흉기가 칼이 아닌 끈이었다고 하더라도 마찬가집니다. 그것이 정말 고의에 의한 것이었는지, 혹은 과실에 의한 것은 아니었는지에 대한 검토도 없이 강간살인죄로 몰아갈 수는 없는 겁니다.

따라서 본 변호인은 이에 대한 명백한 증거가 없는 상태에서 피고인 신종호가 강간살인죄로 처벌되어선 안된다고 생각합니다."

:Legal Mind

그의 말이 끝났을 때 법정의 분위기는 바뀌기 시작했다.

방청객 대부분 역시도 박동수가 제기한 점에 대해 의문을 품기 시작한 것이다.

치밀하고 명료한 논리.

직접 말을 하진 않았지만 박동수는 이번 사건을 과실치사로 몰고가고 있었다.

분위기는 바뀌고 있었다.

재판이 시작되기 전 유생의 승리를 점치고 있었던 이들은 이제 박동수의 말에 고개를 끄덕이기 시작했다.

– 얄밉지만 맞는 말이야. 고의가 있었음이 증명되지 않는다면 과실범이 될 뿐이지.

– 진짜 예리하다. 과연 지금까지 정황만으로 고의를 인정할 수 있을까?

– 정액이 없기 때문에 강간에 대한 사실은 의심할 수 있어. 그리고 살인의 고의 또한 증명된 건 아니지. 이 두 가지에 대해 어떻게든 설명해내지 않으면 정말 과실치사가 될지도 모르겠다.

– 반전이네. 신 검사… 위기야.

방청객들은 저마다의 논리로 박동수의 주장을 반박해 보았지만 쉽지 않았다.

지금까지 제시된 증거만으로는 뒤집기 힘들어 보였다.

또한 검사석의 분위기도 심상치 않았다.

'과실치사!'

유생은 입술을 질끈 깨물었다.

당초 예상했던 공격은 강간의 부인이었다. 시체와 더불어 정액까지 없기 때문에 강간 사실을 부인할 경우 증명할 방법은 거의 없었다.

허나 박동수는 거기에 더해 살인의 고의까지 부인하고 있었다.

'이대로면 집행유예…. 아니 선고유예까지 가능하겠어.'

박동수의 의도는 분명해 보였다.

강간살인의 법정형은 사형과 무기징역.

반면 과실치사는 2년 이하의 금고 또는 700만원 이하의 벌금형뿐이다.

게다가 피고인 신종호는 전과가 없는 초범.

초범의 경우 대부분 선고유예 혹은 집행유예를 하는 관행으로 볼 때, 이를 뒤집지 못하면 그 결과는 불보듯 뻔했다.

:Legal Mind

박동수는 당혹해하는 유생의 얼굴을 확인한 다음 빙긋 웃으며 말을 이었다.

"또한 피고인 이경찬에 대해서 마찬가지입니다. 검찰측에 제시한 증거에 따르면…"

그 말이 채 끝나기도 전에 누군가가 말허리를 잘랐다.

"잠깐."

모두의 시선이 한 곳으로 향했고, 그곳엔 이경찬이 자리에서 일어서 있었다.

그는 김동수 부장판사를 보며 입을 열었다.

"재판장님. 저는 이 자리에서 변호사 박동수를 제 소송대리인에서 해임하겠습니다. 제 변론은 스스로 할 수 있게 해 주십시오."

단호한 얼굴의 이경찬. 이제 그의 눈에서도 빛을 발하고 있었다.

박동수의 눈썹이 살짝 꿈틀거렸다. 허나 그는 아무 말 하지 못했다.

변호인 해임권은 분명 피고인에게 있었고, 원칙적으로 피고인에게는 자기변론권이 있기 때문이었다.

재판장은 잠시 이경찬과 박동수를 번갈아 본 다음 이경찬에게 물었다.

"왜 지금에서야 변호인을 해임하려고 합니까?"

"그것은…."

이경찬은 잠시 숨을 고른 후 말을 이었다.

"지금 변호인이 대리하고 있는 피고인 신종호와 저의 이익이 엇갈리기 때문입니다."

예상치 못한 발언.

지금까지 그 둘이 같은 입장에 서 있다 생각했기에 충격은 더욱 컸다. 법정은 술렁거리기 시작했다.

- 이익이 맞지 않는다니 그게 무슨 말이야?

- 글쎄. 한쪽이 무죄를 주장하기 위해선 다른 쪽의 유죄를 인정해야 한다, 뭐 이런 말이 아닐까?

- 한 배에 탄 줄 알았더니…. 입장이 서로 달랐구나.

- 결국 이렇게 돌아서는군.

피고인 신종호와 이경찬.

지난 공판 당시 까지만 해도 둘의 입장은 같았다. 변호인 이기범은 둘의 무죄를 주장하고 있었기에.

'허나 지금은 다르지.'

이경찬은 박동수의 논리를 꿰뚫어 보고 있었다.

그가 신화그룹과 약속한 것은 신종호의 집행유예. 이를 위해서 증거조작혐의가 있는 이경찬을 백분 활용할 것은 분명했다.

설령 그를 유죄로 만든다 해도 그것은 박동수의 관심사가 아니었다.

'내가 그렇게 호락호락 넘어갈 것 같으냐?'

이경찬은 박동수를 뚫어지게 바라보았다.

팽팽한 공기가 둘 사이를 긴장시켰고, 잠시 침묵이 흘렀다.

잠시 후 재판장은 고개를 끄덕였다.

"알겠습니다. 변호인 해임신청을 받아들이겠습니다. 그럼 피고인 이경찬은 직접 모두진술을 해주세요."

허가가 떨어지자 박동수는 자리에 돌아와 앉았다.

이경찬은 희미한 미소를 띠며 입을 열었다. 특유의 중후한 목소리가 법정을 가득 울리기 시작했다.

"지난 공판 당시 증명된 사실 – 피해자의 사인이 자상이 아닌 끈에 의한 질식사라는 사실은 인정합니다.

하지만 제가 서명한 사건기록과 시체검안서를 잘못 기록한 것은 아닙니다. 저는 시체를 훼손한 바가 전혀 없으며 사건기록과 검안서는 당시 인수한 시체의 상태를 토대로 사실 그대로 기재했을 뿐입니다."

증거인멸 혐의의 부인.

이경찬은 지금까지 제시된 증거들을 모두 인정하면서 교묘하게 자신의 혐의를 부인했다.

– 헐. 점입가경이군.

– 뇌물수수 검사까지 자신의 범행을 부인하고 있어.

– 만약 저 말이 맞다면 시체를 훼손한 제3자가 있다는 거야.

– 우와… 오늘 신 검사님 빡세겠는 걸? 한꺼번 둘을 상대해야 하잖아.

– 이 재판, 어떻게 될지 정말 궁금하군.

방청객 대부분은 이경찬의 말을 믿지 않았다.

하지만 범죄혐의를 입증하는 것은 검사의 책임. 이경찬이 지적한 것을 입증하지 못한다면 결국 증거인멸죄는 성립하지 않게 될 터였다.

'그것뿐만이 아니야.'

유생은 이경찬이 숨긴 의도 또한 눈치채고 있었다.

'증거인멸 혐의를 부인하면서 수뢰후 부정처사죄까지 부인하려는 속셈이지.'

그렇게 되면 이경찬은 그림을 받은 것에 대한 수뢰죄만이 성립하게 된다.

수뢰죄의 법정형은 5년 이하의 징역 또는 10년 이하의 자격정지.

이경찬 역시도 초범임을 감안할 때, 집행유예를 받고 풀려날 수 있었다.

'이놈들…. 가지가지 하는구나.'

유생은 눈을 가늘게 뜨면서 이경찬이 하는 양을 지켜보았다.

이경찬은 판사와 방청객을 돌아보며 말을 이었다.

"따라서 제가 시건기록과 시체검안서를 고의로 작성했다는 점에 대한 면밀한 검토가 없다면 지금 검찰에서 제기한 모든 혐의에 대해서는 부인하겠습니다."

그의 말이 끝나자 법정은 다시 술렁거리기 시작했다.

변호인 박동수와 피고인 이경찬.

둘은 유생이 제기한 범죄혐의를 부인했다.

모두가 지켜보는 가운데 무난하게 재판이 지러질 것으로 예상했던 방청객들은 이 기막힌 광경에 손에 땀을 쥐었다.

– 제발… 검사님 이겨야 할 텐데….

– 검사님! 저 놈들이 거짓말을 한다는 걸 이 자리에서 밝혀 주세요.

– 아… 검사가 이겨야 하는데… 왜 이렇게 불안하냐.

– 너무 그럴듯해. 증명하지 못할 수도 있겠어.

불안감과 긴장감이 뒤섞인 묘한 분위기.

담당 검사 차영욱도 그렇게 느끼는 건 마찬가지였다.

그는 걱정스런 얼굴로 유생을 보며 속삭였다.

– 이길 수 있겠어?

– 글쎄요.

유생은 좀처럼 대답하지 못했다. 답답해진 차영욱이 다시 물었다.

– 지금 직접 증거는 남아있지 않잖아. 그렇다면 승산이 없는 거 아냐?

유생은 고개를 가로 저었다.

– 직접 증거가 없다 하더라도 범행을 증명할 수는 있습니다.

– 그럼 방법은 있어?

차영욱의 물음에 유생은 잠시 생각하다가 입을 열었다.

– 아직 확답할 수는 없지만, 잘 하면 방법이 있을지도 모르겠어요.

유생은 박동수를 바라보고 있었다.

이경찬이 해임을 결정한 이후 그의 얼굴에서는 여유가 완전히 사라져 있었다.

그를 보고 있는 유생의 입가에 희미한 미소가 그려졌다.

◇

"먼저 피고인 신종호에 대한 강간살인사건에 대한 변론을 마친 후에, 피고인 이경찬의 증거인멸 및 뇌물수수 사건으로 넘어가겠습니다."

재판장의 선언과 함께 유생의 변론이 시작되었다.

자리에서 일어선 유생이 차분하고 또렷한 목소리로 입을 열었다.

"변호인 측에서 제시한 의혹은 두 가지 입니다. 강간 사실에 대한 것과 살인 고의에 대한 것이 그것입니다. 먼저 강간 사실에 대한 변론을 시작하겠습니다."

유생은 법정 한 가운데로 천천히 걸어 나오면서 입을 열었다.

"지난 공판에서 밝혔다시피, 며칠 전 누군가의 과실 혹은 고의로 인해 피해자 한유나의 시신은 유족들에게 반환되어 화장되었습니다. 그리고 그 이전에 시신에서 추출한 정액 역시도 국과수에서 보관하던 당시 도난당했습니다.

따라서 지금으로서는 강간 사실을 증명할 수 있는 직접 증거는 남아있지 않은 상태입니다."

유생의 선언에 방청객들의 얼굴에는 실망감이 엿보였다.

결정적인 증거를 내밀며 재판을 주도할 것으로 기대했기에 그 실망감은 더욱 컸다.

허나 유생은 빙긋 웃으며 말을 이었다.

"하지만 지금부터는 간접 증거와 정황 증거만으로 피고인 신종호의 강간 사실을 증명해보도록 하겠습니다."

유생는 프로젝터 화면을 띄웠다.

양측에 놓인 두 개의 문서 위에는 '검안서' 라 적혀 있었다.

"이것은 피해자 한유나 시신의 부검기록입니다. 보시다시피 두가지 버전이 있습니다. 하나는 피고인 이경찬의 책임 하에 국과수 이범석 과장이 기록한 것과 다른 하나는 제 책임하에서 이채영 부검의가 기록한 것입니다."

유생은 두 가지 기록을 비교해 주었다.

두개의 부검 기록.

대부분의 기록은 차이가 없었지만 상처에 대한 소견과 사인에 대한 소견에 대해서는 큰 차이를 보이고 있었다.

– 근데 왜 저런 설명을 하는 거야? 살짝 지루한데.

– 이미 언론에서 나왔던 내용이잖아. 두 개의 검안서가 다른 건 다 안다고.

– 하나는 칼에 의한 자상이 사인이었고, 다른 하나는 교살상이 사인일 가능성이 높다는 거였잖아.

– 헐… 할말 없으니까 이렇게 논점을 흐트리는 건가?

– 설마 그럴리가. 뭔가 생각이 있겠지.

유생의 설명은 지루한 감이 있었다. 그리고 방청객들은 아직 유생의 의도를 파악하지 못하고 있었다.

그때 유생이 빙긋 웃으며 입을 열었다.

"모두 아시다시피 이 두 개의 부검기록은 정확히 한 부분만이 다릅니다."

모두가 침묵한 가운데 유생은 화면의 한 부분을 가리키며 말을 이었다.

"그것은 사인에 대한 소견입니다. 사인이 자상이냐, 아니면 끈에 의한 질식사냐. 이것만 다를 뿐 나머지는 모두 똑같습니다.

사후 경직된 시간이나 상처의 수, 그리고 강간 흔적이 보인다는 사실까지 완전히 같다는 것입니다."

그 순간 법정의 모두의 눈빛이 빛났다. 그들 중 몇몇은 벌써 유생이 의미하는 바를 이해할 수 있었다.

유생은 빙긋 웃으며 말을 이었다.

"물론 시신의 상태가 조작되었다는 의혹을 받고 있는 것은 사실입니다. 하지만 그것은 검안서에서 차이를 보이는 사인에 대한 것들 뿐입니다.

그것을 제외한 나머지 기록이 같다는 것은 실제 한유나 시신의 상태가 그러하다는 것을 증명하는 것 아니겠습니까?"

유생의 질문은 법정 안에서 일었던 의심의 안개를 송두리채 걷어내기 시작했다.

유생은 눈을 빛내며 다시 물었다.

"이 검안서를 작성하기 위해서는 검사와 부검의, 이렇게 최소 두 명의 전문가가 필요합니다.

두 개 다 전문가가 참여해 작성한 기록입니다. 물론 불순한 의도로 인해 사인에 대한 소견은 각자 달랐지만 나머지 사실들은 거의 정확히 일치합니다.

이들은 왜 일치할까요.

이것이야말로 당시 시체의 정확한 상태가 아닐까요?

변호인 측에서 의심하는 사실에 대해서 이 두 명의 전문가는 모두 '있었다.'고 말하고 있습니다.

과연 이를 두고 우리가 명확하지 않다고 할 수 있을까요?"

유생의 논증은 명확했다.

전문가들이 작성한 두개의 기록.

사인(死因)에 대해선 달랐지만 적어도 강간사실에 대해선 의견을 같이하고 있었다.

"비록 지금 시체나 정액은 남아있지 않지만, 당시 이를 분석한 각자 다른 전문가들은 분명하게 같은 기록을 해 놓았습니다. 피해자 한유나의 시신에는 강간의 흔적이 있었다고 말이죠. 이것은 강간 사실이 있었다는 명백한 증거입니다."

유생은 의미심장한 표정으로 마무리했다.

"이상으로 변론을 마치겠습니다."

변론이 끝나자 누군가가 숨을 토해냈다.

나지막한 탄성.

도무지 반론의 여지라곤 생각할 수 없는 변론이었기에 법정의 대다수는 고개를 끄덕였다.

– 대박. 완전히 맞는 말이야.

– 허를 찔렀어. 나도 지금까지 검안서의 차이점만을 보고 있었는데 도리어 같은 점을 짚다니.

– 완전히 동의해. 두개의 검안서는 쓰여진 의도가 서로 달라. 그럼에도 강간 사실에 대해서 일치하고 있지.

– 그렇다는 건 강간이 있었다는 사실은 의심할 여지가 없다는 거야. 완벽해!

방청객들의 표정에는 웃음이 어렸다. 그들이 느끼기엔 승리가 머지 않은 것 같았다.

허나 검사석에 앉아있는 유생의 표정은 어두웠다.

성공적인 변론을 마친 뒤라고는 생각할 수 없을 정도로.

'아직 방심하긴 일러.'

유생은 직감하고 있었다.

박동수는 이 정도로 멈추지 않을 것이라는 것을.

'놈은 한 수를 숨기고 있다. 그것을 넘지 못한다면 이번 재판… 힘들 거야.'

유생은 날카로운 눈빛으로 박동수를 바라보았다. 예상대로 박동수의 얼굴엔 변함이 없었다.

◇

변호인 박동수.

자리에서 서류를 검토하고 있는 그의 얼굴에는 긴장한 기색은 없었다.

오히려 희미한 활기가 엿보였다. 재판장이 그를 보며 물었다.

"변호인, 이의 있습니까?"

"네."

짧게 대답한 그는 자리에서 일어서며 입을 열었다.

"검사님의 의견은 잘 들었습니다.

[서로 다른 소견을 보이는 두 개의 검안서. 사인에 대한 소견은 다르지만 적어도 강간이 있었다는 사실에 대해서는 일치하고 있다. 따라서 강간은 있었다고 보는 것이 맞다.]

분명 설득력 있는 논증입니다. 하지만 이것이 설득력을 갖기 위해선 한 가지 전제 조건이 필요합니다."

박동수는 법정을 한 번 둘러보고는 다시 입을 열었다.

"바로 '두 개의 검안서가 진정으로 작성되었느냐?' 는 것입니다.

:Legal Mind

설사 전문가들이 작성했다 할지라도, 이들이 같은 착오에 빠졌다거나 잘못된 관행으로 기록했다면 어떨까요?

과연 그것이 발견되었을 때도 두 개의 검안서가 단순히 일치한다는 정황만으로 그것을 믿을 수 있을까요?"

그때 재판장이 물었다.

"그렇다면 변호인은 이 검안서들의 진정성을 의심한다는 말입니까?"

"그렇습니다, 재판장님."

박동수의 흔들림 없는 대답에 법정은 다시 술렁거리기 시작했다.

전문가가 작성한 문서의 진정성.

대개 그것은 전문가가 작성했다는 것이 밝혀지는 것만으로 인정되기 마련이다.

'두 개의 문서는 모두 부검의의 서명이 들어가 있는데다 그들이 직접 한 것이 맞아. 그럼에도 어떻게 이것들이 허위라는 것이냐, 박동수?

유생의 의문을 읽은 듯 재판장이 다시 물었다.

"변호인, 아무런 증거도 없이 부검의의 서명이 들어간 검안서의 진정성을 의심할 수는 없는 것입니다."

"알고 있습니다."

"그럼 변호인은 그 증거를 가지고 있다는 것입니까?"

"네."

또렷한 대답과 함께 박동수가 말을 이었다.

"이를 위해서 먼저 첫 번째 검안서를 작성했던 국과수 이범석 과장을 증인으로 신청하는 바입니다."

'이범석 과장이라고?'

유생의 눈이 가늘어졌다.

이경찬과 함께 증거인멸 혐의로 수사 받는 중이었지만, 아직 뚜렷한 증거는 발견되지 않는 상태.

허나 이경찬의 발언에 따라 이범석은 언제든지 구속될 가능성이 있었다.

'그것을 잡고 휘둘렀을 수도 있어.'

검안서는 이범석이 직접 작성한 것. 그렇기에 얼마든지 그 진정성은 뒤집어버릴 수 있었다.

'하지만… 그것으로는 부족할 텐데….'

검안서는 두 개. 다른 하나의 검안서 역시 진정성을 뒤집지 못한다면 모든 것이 수포로 돌아갈 터였다.

'도대체 무슨 생각이냐. 박동수.'

유생은 아직 박동수가 가진 패를 읽지 못하고 있었다.

◇

이범석이 긴장한 표정으로 증인석에 섰다.

:Legal Mind

그의 맞은 편 프로젝터 화면에는 그와 이경찬의 서명이 나란히 들어간 검안서가 있었다.

"이 검안서."

박동수가 그의 앞에 서서 검안서를 가리키며 물었다.

"증인이 직접 작성한 것이 맞습니까?"

"그렇습니다."

이범석은 고개를 끄덕였고, 박동수는 다시 물었다.

"여기 보면 이렇게 적혀 있군요.

[22세. 한유나. 사인은 다섯 군데의 자상(刺傷). 강간의 흔적 있음.]

여기 강간의 흔적이 있다는 것은 왜 적은 것입니까?"

단도직입적인 질문.

그 순간 법정의 모든 이들은 숨을 죽였다. 완벽한 고요 속에서 이범석은 한 번 기침을 한 다음 입을 열었다.

"실려 올 당시 하의가 벗겨져 있었습니다."

"하의가 벗겨져 있었다. 그것뿐입니까?"

이범석은 잠시 침묵하다가 고개를 끄덕였다.

"네. 지금 기억나는 것은 그것뿐입니다."

박동수는 빙긋 웃으며 말했다.

"전문가적인 소견에 대한 근거로는 조금 부족한 것 같은데요? 국과수 부검의들은 시체 하의만 벗겨져 있어도 전부 강간이 있다는 소견을 냅니까?"

"그건 아닙니다."

"아니면."

말을 끊은 박동수는 눈빛을 바꾸었다. 그리고는 날카롭게 다시 물었다.

"왜 강간 흔적이 있다는 소견을 낸 것입니까? 거기서 더 발견한 것이라도 있습니까?"

이범석은 우물쭈물했다. 그의 한쪽 이마에서는 식은 땀이 촉촉이 배어나오고 있었다.

"사실…. 잘 기억이 안납니다."

그의 말에 방청객들의 인상이 대부분 구겨졌다.

너무나도 뻔한 속셈.

묵비권을 행사하면서 진실을 회피하는 수법이었다.

박동수가 언성을 높였다. 마치 그들의 생각을 대변하려는 듯.

"기억이 안나다니요! 말이 됩니까, 증인? 방금 자신이 직접 부검했다고 하지 않았습니까!"

그 순간 이범석의 기세가 달라졌다. 침묵을 지킬 줄 알았던 그가 버럭 큰소리를 쳤다.

"직접 부검했다고 그것을 전부 기억해야 합니까? 저는 그날 이후에도 수십여건의 부검을 집도했습니다. 하루에도 열건 이상을 부검하는데 어떻게 그것을 전부 다 기억합니까? 당신은 당신이 지금까지 진행해 온 사건들을 전부

:Legal Mind

다 기억합니까? 판사님은요. 판사님은 지금까지 내린 판결들의 이유와 주문들을 모두 기억하느냐 말입니까?"

절대적인 반론이었다.

그의 열변을 제지한 것은 박동수가 아니라 재판장이었다.

"알겠습니다, 증인. 목소리를 낮추세요. 기억이 나지 않는 것은 어쩔 수가 없는 사실입니다. 변호인은 다음 질문으로 넘어가세요."

박동수는 그 밖에 여러 질문을 했지만 소득은 없었다.

강간과 관련된 징후들에 대한 질문들이 이어졌지만 이범석은 모두 기억나지 않는다고 답했다.

허나 박동수는 만족한 얼굴로 정리했다.

"지금까지 증인에 따르면, 강간의 징후 즉, 폭행이나 협박이 있었다거나 삽입이 있었다는 사실에 대해선 전혀 기억하지 못하고 있습니다. 오히려 기억하는 것은 하의가 벗겨져 있었다는 사실 뿐이죠."

잠시 말을 멈춘 그는 빙긋 웃으며 말을 이었다.

"사실… 판사님도 그러시겠지만 저는 지금까지 맡았던 사건들을 대부분 기억하고 있습니다. 오랜 시간 동안 고민하고 끌어왔던 일들은 그렇게 쉽게 잊혀지지 않으니까요.

그래서 의심해 봅니다. 과연 증인이 기억나지 않는다고 하는 말은 진실일까요? 어쩌면 진짜 하의가 벗겨져 있다는 사실만으로 강간의 흔적이 있다고 쓴 것은 아니었을까요?

　이상입니다.”

　석연치 않는 마무리였다.

　마지막에 의심을 불러일으키는 말을 덧붙이긴 했지만 이로썬 충분치 않았다.

　방청객 대다수도 박동수의 변론을 그다지 대수롭지 않게 생각했다.

　- 에이. 뭐 대단한 거라도 캐낼 줄 알았는데 별 거 없구만.

　- 그러게. 기억이야 안날 수도 있는 거고. 반대로 사건 당시에 제대로 보고 기록했을 수도 있는 거 아냐?

　- 맞아. 난 이거 듣고 오히려 검안서가 진짜 일지도 모르겠다는 생각이 들었어.

　- 그래도… 이상한 생각이 드는 걸? 부검도 굉장히 신경을 써야하는 일이잖아. 몇시간 동안 심혈을 기울여서 하는 일인데 고작 하의가 벗겨져 있었다는 것만 기억한다는 건 좀 이상해.

　의견은 반반.

　허나 이것만으로 진정성을 뒤집는 것은 힘들다는 것이 중론이었다.

마음을 놓은 건 차영욱도 마찬가지였다.

한껏 가슴 졸이며 지켜보던 그는 증인 신문이 끝나자 한숨을 내쉬며 유생에게 속삭였다.

– 순조롭게 흘러가는데? 저놈 아무것도 못했어.

허나 유생은 고개를 저었다.

– 아직 몰라요. 놈은 분명 한 수를 숨기고 있어요.

– 한 수? 그게 뭔데.

– 그건 아직 잘 모르겠어요.

유생은 느끼고 있었다. 말할 수 없는 위화감이 그의 본능을 자극하고 있었기에.

'도대체 뭘까? 놈은 무슨 카드를 가지고 있는 걸까?'

그때 재판장의 목소리가 들려왔다.

"검사 측 증인신문 하시겠습니까?"

유생은 잠시 생각에 잠겼다.

허술하기 그지 없었던 변호인 측의 신문. 허나 자신이 나선다 해도 더 이상 들을 것은 없어보였다.

'어차피 듣고 싶은 질문들에는 모두 기억안난다고 답했어.'

생각을 마친 유생은 고개를 저었다.

"저희는 신문하지 않겠습니다. 대신…."

유생은 한쪽에 앉아 있는 이채영을 보며 말을 이었다.

"여기 국과수 이채영 부검의를 증인으로 신청합니다."

두 번째 검안서를 쓴 이채영 부검의.

그녀는 이번 검안서에 대해 모든 진실을 털어 놓을 수 있는 유일한 인물이었다.

유생은 그녀의 증언으로 진정성 문제를 모두 종식시킬 계획이었다.

◇

증인 선서가 끝난 후 유생은 바로 신문을 시작했다.

"증인은 왜 강간에 대한 흔적이 있다고 기록했습니까?"

"그것은 실제로 삽입을 했던 흔적을 발견했기 때문입니다."

"그 흔적이란 뭐죠?"

"정액입니다."

"좀 더 자세히 말씀해 주시겠습니까?"

"한유나의 질 내부에서 다량의 정액이 검출되었습니다. 점액 상태와 농도로 볼 때 살인이 일어나던 당시의 것이 분명해 보였구요. 그것을 직접 확인했기 때문에 강간 흔적이 있다고 적었습니다."

이채영의 대답은 거침없었다.

망설이거나 생각하는 기색도 없었다. 유생의 질문에 그녀는 바로바로 대답했다.

"그렇다면 증인은 부검의의 입장에서 볼 때, 이범석 과장이 강간흔적에 대해서 기록한 것에 대해선 어떻게 생각하십니까?"

전문가의 입장에서 본 다른 검안서의 신뢰성.

검안서의 진정성을 확보하기 위해 유생이 준비한 결정적인 질문이었다.

이번에도 이채영은 별 생각하지 않고 바로 답했다.

"부검을 했다면 강간 흔적이 있었다고 쓰는 것은 당연합니다. 아까 과장님이 말씀하시길 실려 올 당시 하의가 벗겨져 있었다고 했는데, 그 정도면 강간을 의심하기에 충분하고 질 내부에 정액이 있는지 정도는 바로 확인했을 것이라 생각합니다."

명료한 답변.

유생은 빙긋 웃으며 마무리했다.

"저는 증인의 발언으로 한 가지 사실을 확인했다고 생각합니다. 그것은 두 개의 검안서가 공통적으로 기록하고 있는 강간사실은 분명한 사실이라는 것입니다.

증인은 당시의 상황을 정확하게 기억하고 있고, 그에 따른 문서도 아무런 하자 없이 기록했습니다. 설령 이범석 과장의 검안서의 진정성이 의심된다고 할지라도, 증인 이채영이 기록한 검안서에는 아무런 하자가 없습니다.

그리고 증인의 검안서는 분명하게 강간의 흔적과 정액

검출 사실을 기록하고 있습니다.

우리는 과연 이것을 의심해야 할까요? 아니 의심할 수 있을까요?

이상입니다."

누구나 납득할 수 있는 깔끔한 마무리.

이채영의 검안서에 아무런 하자가 없음을 짚으면서 이범석의 검안서에 대한 의심을 필요없게 만들었다.

박동수가 내세웠던 문서의 진정성에 대한 의혹은 이 시점에서 거의 완벽하게 종식되는 듯했다.

– 헐. 완벽해. 결국 이렇게 끝나는 건가?

– 이건 뭐. 여지가 없구만. 검사 양반 말이 완전 맞아.

– 방금 전에 이범석이 했던 말은 다 쓸모가 없어. 어차피 저 이채영이란 사람이 쓴 검안서엔 하자가 없거든.

– 바다 로펌도 별거 없구만. 책상에 서류들만 잔뜩 쌓아놓기만 했지 저게 다 무슨 소용이람.

방청객들은 대부분 재판이 끝났다고 예상하고 있었다.

허나 자리에서 일어난 박동수의 얼굴에는 여유가 남아 있었다. 오히려 희미하게 웃고 있었다.

그는 여유롭게 증인석 앞으로 다가와서는 물었다.

"방금 전 증인은 시신의 질 내부에서 정액을 검출했다고 했는데 맞습니까?"

"맞습니다."

"그리고 그 사실 여부를 확인해 종합소견란에 쓰신 것도 맞지요?"

"네, 맞습니다."

이번에도 이채영의 답변은 시원시원했다. 그런 그녀를 보며 박동수는 프로젝터에 화면을 띄웠다.

이채영이 작성한 검안서.

박동수는 검안서의 한 곳을 가리키며 다시 물었다.

"그러면 왜 여기는 공란으로 되어있는 겁니까?"

그곳은 간음 사실여부를 적어 넣는 표였다.

맨 위 칸의 간음사실에 대해선 체크가 되어 있었지만 정액의 성분이나 검출 여부에 대해선 공란으로 되어 있었다.

이번에도 이채영은 바로 대답했다.

"그것은 나중에 적어 넣으려고…."

그때 박동수가 말을 끊었다.

"잠깐만."

그의 눈빛은 빛나고 있었다. 마치 먹잇감을 발견한 굶주린 맹수같이.

"좀 이상군요."

모두가 의문스러운 눈초리가 그를 향했고, 박동수는 고

개를 갸웃거리며 말을 이었다.

"나중에 적어 넣으려고 남겨뒀다는 증인의 말은 좀 이상합니다. 왜냐하면 국과수 내부규정에 따르면 검안서는 그런 식으로 작성할 수가 없거든요."

박동수는 히죽 웃으면서 화면 하나를 띄웠다. 그곳에는 선명하게 [검안서 작성규칙 제9조]라 적혀 있었다.

"아는 분도 계시겠지만 국과수에서는 취급하는 문서의 진정성을 관리하기 위에서 그곳에서 작성하는 모든 문서에 작성규칙을 별도로 마련하고 있습니다.

그리고 여기 보시다시피 [검안서 작성규칙 제9조 1항]에 따르면 검안서를 작성할 때 시신의 상태에 해당하는 모든 란을 충분하게 작성한 후에야 종합 소견란에 결론을 적어넣을 수 있습니다.

이를 어길 경우엔 25조에 징계까지 규정되어 있지요."

다음에 보인 화면에는 징계의 내용이 적혀 있었다.

문서 하나하나가 범죄사실의 증거로 될 수 있는 만큼, 작성규칙의 위반은 결코 가볍지 않았다.

최소 1개월 감봉에서부터 무기한 정직까지.

더불어 이를 위반한 문서는 곧바로 파기해야 한다는 규정까지 있었다.

이를 본 이채영의 얼굴은 하얗게 질려갔다.

그런 그녀를 보며 박동수는 다시 물었다.

:Legal Mind

"다시 묻겠습니다. 정말로 증인은 시신에서 정액을 발견한 것이 맞습니까?"

이제 이채영은 쉽게 답할 수 없었다.

또한 그녀는 왜 이범석이 기억나지 않는다고 답했는지 알 것 같았다.

◇

'이범석 과장은 알고 있었어.'

몇 가지 사항이 기입되지 않은 검안서.

이범석은 그것이 문제될 것을 이미 알고 있었다. 내규에 따르면 분석기록이 빠져있는 불완전한 검안서는 파기되어야 했다.

'그럼에도 검안서는 최종 승인을 거쳐 검찰에 제출되었어. 그건 분명한 징계사유야.'

그랬기에 이범석은 기억나지 않는다는 말만 반복했을 것이다.

그리고 그것은 정액 분석 자료를 기록하지 못한 이채영에게도 똑같이 해당되는 말이었다.

'방심했어.'

이채영은 입술을 깨물었다.

입사할 때 빼고는 거의 신경도 쓰지 않던 내부규정이 발

목을 잡을 줄은 몰랐다.

'어쩌지?'

이채영은 갈등했다. 어떻게 해야할지 갈피를 잡을 수가 없었다.

그녀가 좀처럼 입을 열지 않자 박동수가 다그쳤다.

"아까는 그리 시원시원하게 답하시더니 지금은 왜 대답을 못하십니까? 설마 기억이 안나는 겁니까? 아까는 분명히 정액을 확인했다고 하지 않았나요?"

박동수의 질문은 마치 그물과도 같았다.

박동수는 노련한 사냥꾼이 되어 그녀를 촘촘한 그물로 몰아넣고 있었다.

정액 분석 기록이 없는 검안서.

그럼에도 강간이라는 소견이 적혀 있는 검안서는 이미 내규에 의해 파기되어야 할 문서였다.

이 상황에선 어떻게 대답한다고 해도 그가 원하는 결론만이 남아있을 뿐이었다.

'내가 뭐라고 답하건 문서는 무효야.'

그것뿐만이 아니었다.

이범석처럼 기억나지 않는다고 잡아뗀다면 모르겠지만, 사실대로 정액을 발견했다고 말한다면 그녀는 국과수 내부에서 징계를 감수해야만 했다.

진실을 말하면 오히려 처벌을 받을 수 밖에 없는 상황.

:Legal Mind

어떻게 해도 빠져나갈 수는 없어 보였다.

이채영의 마음 속으로 깊은 후회가 밀려들었다.

'그때 검사님 말대로 했어야 했는데.'

지난 공판 전날, 유생의 전화를 받던 때가 떠올랐다.

그때 그의 당부대로 바로 검사를 마쳤다면 이런 일까지 당하진 않았을 터였다.

'나 때문이야. 결국 나 때문에…'

이채영은 눈물이 핑 돌았다.

정액과 시체를 도난당한 건 막을 수 없는 일. 허나 자신이 조금 더 성실했다면 적어도 진실을 기록해 둘 기회는 있었다.

그때 다시 박동수의 목소리가 들려왔다.

"증인, 뭐하시는 겁니까? 어서 대답하세요. 시신에서 정액을 발견한게 맞습니까?"

재판장 역시도 거들었다.

"증인, 자꾸 시간을 끈다고 달라지는 것은 없습니다. 사실대로만 이야기하세요."

이채영은 고개를 돌려 유생을 보았다. 그는 편안한 얼굴로 고개를 끄덕이고 있었다.

'검사님.'

그녀는 유생이 지금까지 얼마나 힘들게 이 재판을 이끌어왔는지 알고 있었다.

그랬기에 지금 자신의 증언이 얼마나 중요한지도 알고 있었다.

'모든 것은 내 책임이야. 그러니 진실을 말해야 해. 징계를 받는 한이 있더라도… 여기서 진실이 묻혀선 안 돼.'

눈물이 왈칵 솟아나왔다.

그녀는 눈물이 그렁그렁한 채로 박동수를 똑바로 쳐다보며 입을 열었다.

"네. 있었습니다."

박동수는 그녀의 눈물에는 아랑곳하지않고 바로 질문을 몰아쳐 갔다.

"하지만 왜 검안서에는 그 기록이 없는 겁니까? 내규에 따르면 정액이 발견되었을 경우 그 분석기록이 첨부되어 있어야 하는 것 아닙니까?"

"그건 맞습니다만…. 분석하기 전에 정액을 도난당했습니다."

"도난이라구요? 그게 언제입니까?"

박동수의 질문에 이채영은 기억을 더듬으며 말했다.

"지난 공판날이니까… 10월 12일입니다."

박동수는 콧웃음을 한 번 치고는 고개를 저으며 말을 이었다.

"그건 조금 문제가 있는 말이군요. 검안서 작성일은 10월 5일이고 정액이 도난당했다고 주장하는 날은 10월 12

일입니다. 그러면 도난당하기까지 일주일이란 시간이 있었다는 이야긴데 그렇게 오랜 기간 동안 기록을 하지 않고 있었다는 말입니까?"

그의 질문은 그녀의 가장 아픈 곳을 찌르고 있었다.

조금만 서둘렀어도 문제가 없었을 그녀의 실책.

이채영은 순순히 고개를 끄덕이며 입을 열었다.

"그건 제 실책이었습니다. 나중에 채워넣으려고 했는데 그만…."

"구차하군요."

말을 끊은 박동수는 기세등등하게 외쳤다.

"증인의 말대로라면 증인에게는 정액을 분석할 수 있는 충분한 시간이 있었습니다. 그럼에도 불구하고 이 검안서에는 아무것도 적혀 있지 않죠.

보통은 검안서의 결제일에 함께 기록되어 있어야 할 정액 분석이 일주일이 넘도록 기록되지 않고 있었다는 말입니다.

게다가 정액을 도난당했다고 주장하는 것은 증인 뿐입니다.

정액을 도난당했다는 당신의 그 말을 과연 우리가 믿어야 하는 겁니까? 혹시 당신의 실책을 덮기 위해 거짓말을 하는 것은 아닙니까?"

박동수의 날카로운 질문에 이채영은 숨이 턱 막히는 것

만 같았다.

그는 이채영을 보며 다시 한번 물었다.

"정액은 정말로 있었던 겁니까? 진실을 말하세요."

이채영은 울음을 터뜨리듯 외쳤다.

"있었다구요, 정말이에요!"

"그래서 그 정액을 분석했습니까? 분석했다면 그 기록은 어딨습니까?"

박동수의 질문은 이채영의 말문을 틀어막았다.

그녀는 더이상 대답하지 못했다.

대신 눈물이 주르륵 흘러내리기 시작했다. 그런 그녀 앞에서 박동수는 신문을 마무리했다.

"이미 검찰에서는 강간사실을 증명할 수 있는 정액이 도난당했다고 발표한 바가 있습니다. 그것은 증인 이채영의 증언을 토대로 한 것입니다. 허나 진짜로 도난을 당했는지 과실로 잃어버렸는지는 아직 밝혀지지 않은 상태입니다.

그렇다면 정액의 존재 여부는 분명 의심해야 하는 사실입니다. 어떤 추가 증거 없이 받아들여서는 안됩니다."

박동수는 눈을 번뜩이며 말을 이었다.

"의심스러운 정황들을 모두 걷어내고 나면 분명한 사실들만이 남기 마련입니다.

생각해 보십시오. 지금까지 가장 뚜렷한 사실은 이채영과 이범석이 작성한 검안서는 파기되어야 할 문서라는 것입니다. 게다가 정액에 대한 증언 엇갈리고 있고, 그것이 있었다는 증거는 아무것도 없습니다.

그렇다면 우리는 이 문서를 전문가가 작성했다는 이유만으로 신뢰할 수 있을까요?

오히려 처음부터 정액같은 것은 없었던 것이 아닐까요?

본 변호인은 강하게 의문을 제기하는 바입니다."

강렬한 마무리.

검안서의 작성이 국과수 내규에 어긋났다는 사실은 명백했다.

게다가 이채영의 검안서 작성 시기를 생각한다면 정액 분석기록이 없다는 사실 또한 의심스러웠다.

이제 고요한 법정 안에는 의심이 싹트기 시작했다.

과연 정액이 진짜로 존재했을까하는 의심은 전염병처럼 번져가기 시작했다.

◇

증인 신문이 너무 길었던 탓에 재판장은 10분간 휴정을 선언했다.

그럼에도 방청객 대부분은 자리를 떠나지 못하고 있었

다. 방금 전 박동수의 논증이 너무나도 강력했던 탓이다.

 — 가만 생각해보면 변호사 말이 맞는 것 같아. 국과수 내부규정에 따르면 모든 분석기록을 완성한 상태에서 종합 소견을 내도록 되어 있잖아.

 — 하긴 정액 분석 기록도 없이 강간 소견을 적어넣었다는 건 조금 이상한 일이야.

 — 그것뿐만이 아냐. 검안서를 작성한 날과 정액을 도난당한 날 사이엔 일주일이나 있었어. 그동안 분석을 안하고 있었다는 건 너무 이상하지 않아?

 — 글쎄… 밀린 일이 너무 많아서 그런 건 아닐까?

 — 에이. 중요한 범죄 증거에 대한 거라고. 설마 국과수에서 일이 많다고 그런 식으로 처리하겠어?

 이채영의 입장을 이해하려고 하는 이들도 있었지만 대부분은 아니었다.

 그들은 의심하고 있었다.

 심지어는 변호인의 말대로 정액이 없었던 것은 아닌지 의심하는 이들도 있었다.

 "힘들겠어."

 주변을 살피던 차영욱이 입을 열었다. 그는 한숨을 내쉬며 유생에게 말했다.

:Legal Mind

"과연 바다로펌의 간판변호사다워. 정말 노련한 놈이야. 거의 대부분이 정액이 있었다는 사실 자체를 의심하고 있어. 이 상태라면 아마 판사님도 마음이 기울었을 꺼야."

유생도 고개를 끄덕이며 대답했다.

"맞아요. 더이상 반론을 못한다면 놈은 바로 굳히기에 들어갈 겁니다."

의심스러울 때는 피고인의 이익으로 생각하는 것이 형사재판의 원칙.

박동수는 강간 사실에 대해 의심을 불러일으키는데 성공했다.

놈이 제기한 의심을 걷어내지 못한다면 재판은 이대로 끝날 가능성이 높았다.

"이길 수 있겠어? 이대로 지면 타격은 엄청날거야."

차영욱은 법정 내부를 둘러보았다.

수많은 방송국에서 설치한 카메라들. 지금까지 있었던 모든 일들은 생방송으로 촬영되고 있다.

만약 지기라도 한다면 지금까지 김경환 피디와 유생이 했던 일들은 그 수십배의 역풍을 맞을 것은 불보듯 뻔한 일이었다.

'이길 수 있을까?'

유생은 깊이 생각에 잠겼다.

결코 져서는 안되는 싸움이었지만 지금 상태론 희망이 없었다.

상대가 의문을 제기한 정액의 존재와 강간사실.

이를 명쾌하게 증명할 만한 직접 증거는 모두 사라진 상태였고, 유일하게 믿었던 검안서들과 이채영의 증언은 박동수에 의해 철저하게 봉쇄되었다.

'이런 식으로 진실을 가릴 생각을 하다니….'

같은 증거와 증언으로 전혀 다른 진실을 만들어내는 능력.

그것은 장태현이 법정에서 하던 짓과 흡사했다.

그때 유생의 귓가에 장태현의 목소리가 파고들었다.

– 저런 잔챙이와 비교하다니. 나를 어떻게 보는 거야?

제법 날카로운 목소리.

유생은 피식 웃으면서 대꾸했다.

– 진실을 왜곡하는 한 너는 저 놈과 다를 바 없다, 장태현.

– 크크크… 법정에서 진실 운운하다니 웃기는군.

– 법정은 진실을 밝히는 곳이다! 진실을 왜곡하는 것은 범죄고! 그걸 아직도 모르는가, 장태현!

:Legal Mind

– 뭔가 단단히 착각하고 있군. 법정은 승부를 가리는 곳이다. 그곳에서 진실은 언제나 변론과 증거에 의해 만들어질 뿐이다, 애송이!

– 그런 궤변을…!

– 궤변이라… 겨우 저런 잔챙이도 못 이겨서 쩔쩔 매는 애송이 놈이 할 수 있는 말은 아닌 것 같은데?

장태현의 이죽거림은 유생의 자존심을 건드렸다. 유생은 발끈했다.

– 치잇! 그럼 너는 이 상태에서 이길 수 있다는 말이냐?

장태현은 대답하지 않았다. 대신 낮은 웃음 소리만이 들려올 뿐이었다.

음산하고 섬뜩한 웃음 소리.

한동안 웃고난 뒤 장태현의 목소리가 들려왔다. 그리고 그것을 들은 순간 유생은 눈이 번쩍 뜨였다.

'뭐라고?'

짧은 시간이었지만, 유생은 이번 재판의 맥락이 확실하게 보였다.

'그랬어. 이번 싸움의 본질은 의심과 확신 사이의 어느 지점까지 확보할 수 있느냐였어!'

유생의 머릿 속은 빠르게 돌아가기 시작했다.

지금까지 얻은 것과 잃은 것. 거기에 남아 있는 것들을 생각하니 길이 보이기 시작했다.

'우리에게 필요한 건 한 줌의 확신이야. 딱 그 정도만 있으면 돼!'

유생은 깨달았다.

박동수가 거창한 논증을 거쳐서 얻은 것은 진실이 아니라는 사실을.

그것은 단지 의심에 불과했다.

그리고 의심을 불식시키는 방법은 분명 남아있을 터였다.

'한줌의 확신. 어떻게하면 될까? 어떻게하면 놈이 불러 일으킨 의심 위에 확신을 올려 놓을 수 있을까?'

지금까지 있었던 모든 일들의 유생의 머릿속을 스쳐 지나갔다.

나이트 현장에서 목격한 때이른 현장보존 철수.

사라진 정액과 흉기.

그들이 제시한 피 묻은 칼.

그리고…. 그가 받은 사건기록에 적혀 있던 죄명, 강간 살인.

'이거야!'

그 순간 유생은 고개를 들었다.

"방법이 있어요."

111

:Legal Mind

"뭐?"

차영욱은 아직 놀란 표정이었다. 유생은 그를 보며 다시 말했다.

"이길 수 있는 방법이 있다구요!"

"정말이야?"

그때 판사들이 입장하기 시작했다.

그들이 개정을 선언하자 유생은 벌떡 일어섰다. 그리고는 맞은 편에서 초조한 얼굴로 앉아있는 이경찬을 보며 말했다.

"재판장님. 피고인 이경찬을 증인으로 신청합니다."

갑작스레 호명된 이경찬은 놀란 표정으로 유생을 바라보았다.

유생은 웃고 있었다.

그리고 그의 눈빛은 파르스름하게 빛나고 있었다.

유생이 신청한 증인은 모두의 예상을 뛰어 넘는 것이었다.

증인으로 이경찬이 호명되자 법정은 술렁이기 시작했다.

- 이경찬? 뇌물 받고 증거를 인멸한 혐의를 받고 있는 검사 아니야?

- 신 검사의 직속 상관이었다는데?

- 좋은 생각인 것 같아. 적어도 저 사람은 진실을 알고 있을 거라고.

- 헐. 저 자가 순순히 대답할까? 신 검사와 사이가 좋을 리는 없을테고. 제대로 대답하면 자기 혐의를 인정하는 꼴이 되잖아.

- 그러게. 뇌물 받고 증거까지 없애려 했던 부패 검사가 얼마나 신빙성 있는 증언을 할지는 의문이야.

- 신 검사. 도대체 무슨 생각인 걸까? 저 자를 신문해서 얻을 수 있는 건 없을 것 같은데.

방청객들은 모두 유생을 걱정했다.

분명 이경찬은 진실을 알고 있을테지만, 그가 진실을 말한다면 범죄 혐의는 확정될 터.

'게다가 신유생, 그놈을 위해 내가 증언할 리가 없지 않은가.'

겉으로는 긴장한 표정이었지만 이경찬은 속으로 웃고 있었다.

이기범의 언질을 받은 때부터 치밀하게 계산했던 그였다. 재판 당시 독립을 선언한 것도 나름의 안배였다.

유생과 박동수의 싸움을 잘만 이용하면 이경찬에게도 기회가 있었다. 최소한의 처벌만을 받고 끝낼 수 있는 기회가.

'그러고 보니 반응이 올 때가 되었는데….'

이경찬은 박동수를 힐끗 쳐다보았다.

10분 전 휴정시간.

그는 박동수에게 뜻을 분명하게 전달했다.

─ 이번 재판, 자네 혼자서는 힘들꺼야.

─ 그야 해보지 않고는 모르는 일입니다.

─ 해보기 전에는 모른다? 프로답지 않은 대답이군. 그런 불확실성에 승부를 걸다니 말이야.

이경찬의 지적은 효과가 있었다. 박동수는 마치 정곡을 찔린 사람처럼 표정이 굳어졌다.

명백한 틈. 노련한 이경찬은 이를 놓치지 않았다. 그는 거침없이 박동수의 약점을 찔러들어갔다.

─ 자네가 아무리 변론을 열심히 해봤자 의심을 불러일으킬 뿐이야. 그리고 의심은 증언 하나로도 뒤집힐 수 있지. 진실을 알고 있는 자의 증언. 이를테면… 나의 증언으로…

박동수는 마른 침을 삼켰다. 이경찬의 지적은 정확했고, 반박할 수가 없었다.

잠시 생각하던 박동수가 입을 열었다.

- 그래서 진실을 이야기할 겁니까? 그렇게 하면 죄는 더 무거워질테고, 검사님은 옷을 벗어야 할 겁니다.

- 옷을 벗든 말든 그건 내 문제지 자네가 상관할 바는 아니야. 나는 자네 이야기를 하고 있네.

- 그렇다면 도와주시겠다는 겁니까?

- 그거야 자네 하기 나름 아니겠는가?

이경찬과 박동수의 눈이 마주쳤다.

번뜩이는 눈빛. 아무 말이 오가지 않았지만 그곳에선 그들만이 통하는 대화가 이루어졌다.

이경찬의 뜻을 읽은 박동수가 입을 열었다.

- 얼마면 되겠습니까?

이경찬은 말없이 손가락 두개를 펼쳐들었다.

- 이억? 그거면 되겠습니까?

- 이백만 달러. 선금으로 절반을 받겠네. 입금이 되면

:Legal Mind

자네 부탁대로 해 주지.

그 때 박동수는 확답하지 못했다. 허나 이경찬은 그가 결국 어떤 선택을 할지 알고 있었다.

'어차피 나는 옷을 벗게 되어 있어. 또한 이번 재판에서 실형을 받는다해도 항소심에선 감형이 되겠지.'

이경찬의 혐의는 증거인멸죄와 수뢰후 부정처사죄.

그것이 모두 인정되어 형이 가중된다고 해도 집행유예 처분이 불가능하진 않다.

'벤츠 여검사, 비리검사 스캔들때도 그랬어. 모든 혐의가 인정되었어도 결국 옷만 벗었지 실형까진 때리지 않았거든.'

내부자의 부패사건에 관해선 유독 솜방망이 처분을 내리는 검찰과 사법부.

모두가 이를 쉬쉬 한다고 해도 박동수가 모를 리 없었다. 누구보다도 법조계의 동향에 민감한 바다로펌 소속이었으니.

'결국 난 아무것도 잃을게 없어. 아쉬운 건 박동수 네놈 뿐이지.'

그때 그의 품에서 우웅- 하며 진동이 느껴졌다.

슬쩍 보니 문자가 한 통 와 있었다. 해외계좌로 100만 달러가 입금되었다는 문자가.

'이제 결정되었군.'

이경찬이 눈을 번뜩였고, 동시에 배석 판사들과 논의를 마친 재판장이 입을 열었다.

"알겠습니다. 검사의 증인신청을 받아들이겠습니다. 그럼 피고인 이경찬은 증인석으로 나와주세요."

"네."

짧은 대답과 함께 이경찬은 일어섰다.

'그럼 가볼까? 이제 노후 준비가 끝났으니 나를 이 지경으로 만든 네놈을 뭉개 주도록 하지.'

이경찬은 유생을 한번 노려보고는 증인석으로 향했다.

그는 결심했다. 자신을 이렇게 만든 유생을 그냥 내버려둘 수는 없었다.

'모든 이들이 지켜보고 있는 이곳에서 철저하게 뭉개주마. 다시는 재기할 수 없도록. 다음 발령부터 네놈이 서울 땅을 밟을 수는 없을 것이다.'

증인석에 선 이경찬은 증인 선서를 시작했다.

[양심에 따라 숨김과 보탬이 없이 사실 그대로 말하고, 만일 거짓말이 있으면 위증의 벌을 받기로 맹세한다.]는 증인선서.

허나 20년차 검사인 그에겐 증언을 위한 절차 이외엔 아무런 의미가 없었다.

◇

선서가 끝나자 유생이 그의 앞에 섰다. 팽팽한 긴장감이 유생과 이경찬 사이를 갈랐다.

모두가 숨죽여 지켜보고 있는 가운데 유생이 먼저 입을 열었다.

"증인은 강남나이트 사건의 피해자 한유나의 시신을 본 적이 있습니까?"

"물론입니다."

"당시 시신의 상태에 대해서 기억나는대로 말해 주시겠습니까?"

이경찬은 고개를 들어 유생과 눈을 마주쳤다.

눈빛의 교환.

이경찬은 유생의 눈빛에서 섬뜩한 푸른 기운이 흘러나오는 것을 볼 수 있었다.

'기분나쁜 녀석. 허나 네놈의 그 기세등등한 눈빛도 곧 사라질 것이다.'

이경찬은 슬며시 입꼬리를 올리면서 입을 열었다.

"제가 시신을 접한 것은 부검을 하기 위해 국과수로 이송되었을 때였습니다. 그때 부검실에 실려온 시신에는 다섯 군데의 상처가 있었고, 피가 많이 흐르고 있었습니다."

평범한 답변. 허나 그것은 교묘했다.

지금 문제가 되는 것은 강간이 사실인지 여부. 이경찬은 이를 알고 있음에도 시신의 다른 상태를 말했다.

그것은 은연중에 자신의 증거인멸 혐의를 부인하는 동시에 논점을 교묘하게 흐뜨리는 답변이었다.

'여기서 자상에 대해 묻는다면 나는 혐의를 부인할 수 있는 기회를 얻겠지. 그리고 자연스럽게 논점은 어긋나게 될 것이고.'

어긋난 논점은 쉽게 제자리를 찾기 힘들다.

질문은 다른 질문을 낳고, 그렇게 주변만을 맴돌테니. 그렇게만 된다면 놈은 별다른 소득없이 신문을 끝낼 것이다.

'어쩔테냐, 애송이.'

이경찬은 유생이 자신이 파놓은 함정에 빠지길 기다렸다.

허나 이어지는 유생의 질문을 들었을 때 이경찬의 표정은 굳었다.

유생은 마치 모든 것을 꿰뚫어 본 것처럼 그가 파놓은 함정을 훌쩍 뛰어넘어 버렸다.

"시신에서 강간의 징후는 보셨습니까?"

단숨에 물어오는 질문.

유생은 상처에 대한 것은 거론조차 하지 않고, 바로 핵심만을 물었다.

:Legal Mind

'이놈… 제법 눈썰미가 있구나.'

첫번째 계획이 어그러진 이경찬은 잠시 숨을 골라야 했다.

돈을 받고 거래한 진실.

이번 물음은 그에게도 결코 가볍지 않았다.

유생의 기운이 심상치 않게 느껴졌다. 또한 반대편에서 자신을 노려보는 박동수도 보였다.

갈등하던 이경찬은 곧 마음을 굳혔다.

'성공만 하면 백만 달러가 더 들어온다. 내게 중요한 것은 그것 뿐이야.'

이경찬은 마른 침을 한번 삼키고는 입을 열었다.

"못 봤습니다."

이경찬의 답변은 고요하던 법정에 파문을 일으켰다.

방청객들의 얼굴에서 실망한 기색이 스쳐지나갔고, 기자들의 눈빛도 바뀌었다.

유생은 다시 물었다.

"정말인가요?"

"네."

"이범석 과장의 말로는 하의가 벗겨져 있었다고 했는데 그건 봤습니까?"

"그것은 봤습니다. 하의는 벗겨져 있었습니다."

"그 밖에 정액이나 다른 징후는 없었습니까?"

"없었습니다."

이후의 답변은 거침 없었다.

재차 확인했지만 이경찬은 유생의 모든 질문을 부인했다.

"저는 부검당시 그 자리에 있었고, 분명하게 기억하고 있습니다. 당시 시신에서 정액은 물론 강간이 있었다는 징후는 보지 못했습니다."

답변이 거듭될수록 방청객들의 표정은 어두워져갔다. 이경찬이 부인하는 이상 결과는 뻔해보였기 때문이었다.

- 이제 끝난 거 같네. 반전은 없었다.

- 이경찬을 증인으로 삼더니…. 결국 이렇게 되는군.

- 에휴. 앞으로 어떻게 전개될지 눈 앞에 선하다. 강간이 부인되었으니 살인의 고의도 인정되지 않을테고… 결국엔 박동수가 주장하는 대로 과실치사가 되겠네.

- 과실치사면 집행유예…. 아니 선고유예가 되겠군.

- 헐…. 여기까지가 한계인가? 너무 아쉽다.

- 재벌과 검찰 상대로 여기까지 온 것도 대단한거야. 보통 같았으면 그냥 묻혀버렸을 거라고.

:Legal Mind

- 아흐… 정말 방법이 없는거야? 박동수와 이경찬, 저 둘이 짜고 하는 거라고 증명할 수는 없는거냐고!

여기저기서 흘러나오는 탄식과 한숨들. 그 속에는 짙은 아쉬움이 섞여 있었다.

승리를 눈앞에 두고도 거머쥘 수 없는 아쉬움.

결국 부패 앞에서 무릎 꿇어야 하는 정의의 모습이 보는 이들의 마음을 짓눌렀다.

더이상은 수가 없어보였다.

거의 유일한 목격자나 다름없는 이경찬의 증언은 그만큼 절대적이었다.

'남아있는 수가 있느냐, 애송이?'

이경찬은 유생을 바라보며 속으로 물었다.

허나 유생은 고개를 숙인 채 잠자코 있었다. 팔짱을 낀 채 한 손으로 턱을 매만지고 있는 그에게 남아있는 수는 없어 보였다.

'그러게 내게 좀 잘하지 그랬나. 그랬으면 네놈에게 먼저 제안했을 것을… 하긴 그래봤자 결론은 같으려나? 네놈에게 이백만 달러가 있을리는 만무할테니.'

이경찬의 등줄기에서 어떤 느낌이 올라오기 시작했다.

온 몸을 뒤흔드는 전율. 등줄기에서 시작된 그 느낌은

그의 머리 꼭대기에 다다르자 짜릿한 쾌감으로 바뀌었다.

주위를 둘러싼 분위기가 무거워질수록 그의 쾌감은 더했다. 그들의 절망은 곧 그의 승리를 의미했으니.

'이제 이 긴 싸움이 끝났군. 이렇게 끝나지 않았으면 아주 지루할 뻔했어.'

이경찬의 입꼬리가 슬며시 올라갈 때였다.

유생은 어느새 그의 앞에 와 있었고, 다시 눈이 마주쳤다.

어느 때보다도 짙게 흘러나오는 푸른 기운.

그 눈빛을 보는 순간 이경찬은 지금까지 느꼈던 모든 기분이 순식간에 식어버렸다. 동시에 서늘한 기운이 엄습해왔다.

'뭐, 뭐지?'

그 의문에 답이라도 하듯 유생의 입이 열렸다.

"그것 참 이상하군요."

유생은 리모컨을 눌러 화면을 비추었고, 그곳엔 사건기록이 나왔다.

이경찬으로부터 직접 넘겨받은 사건기록. 이를 보여준 유생이 물었다.

"이것은 증인이 직접 작성해서 제게 준 사건 기록입니다. 기억하십니까?"

"기, 기억합니다."

:Legal Mind

자신의 필적과 서명이 들어갔기 때문에 결코 부인할 수 없는 사실.

유생은 다시 입을 열었다.

"방금 전 증인은 부검 당시 강간의 징후를 발견하지 못했다고 했습니다. 맞습니까?"

"그렇습니다."

이경찬이 대답하는 순간 유생은 또렷한 목소리로 입을 열었다.

"그렇다면 여기엔 왜 강간살인이라 적어 넣은 것입니까?"

유생은 화면 한곳을 가리켰다.

사건기록 맨 앞장.

그것은 공소장이었고, 포인터가 가리킨 곳에는 연필로 '강간살인'이라 적혀 있었다.

그것을 확인한 순간 이경찬의 표정은 얼어붙었다.

동시에 법정의 분위기는 바뀌기 시작했다.

이제 유생의 반격은 시작되고 있었다.

이경찬은 경악했다.

공소장에 연필로 기록된 '강간살인'. 바로 옆에는 분명하게 적용 법조까지 적혀있다.

'빌어먹을…. 이것을 놓치고 있었다니….'

조금 전 이경찬은 강간의 징후가 없었다고 증언했다. 허나 유생이 들이민 공소장은 그 증언이 거짓이라 말하고 있었다.

명백히 배치되는 증거.

이경찬은 이를 부정하고 싶었지만 그것 역시 불가능했다.

연필로 쓴 글씨에는 필적이 그대로 드러나 있었고, 설령 부정한다해도 감정을 거치면 들통나는 건 시간문제였다.

'어떻게 해야 하지?'

이제 궁지에 몰린 것은 그였다.

모순을 밝혀낼 만한 구실을 찾아내지 못한다면 모든 작전은 수포로 돌아갈 터였다.

이경찬은 필사적으로 머리를 굴렸다.

그런 그를 유생은 가만 놔두지 않았다. 보다 또렷한 목소리로 재촉하기 시작했다.

"증인, 뭘 그렇게 뜸을 들입니까. 어서 대답하세요. 이 공소장에 강간살인이라 적은 이유는 도대체 무엇입니까?"

이경찬은 이를 악물었다.

불과 1분전까지 그의 몸을 감쌌던 전율은 이제 완전히 가셨다. 대신 등줄기엔 식은 땀이 흘러내리기 시작했다.

결코 서두르지 않는 남자 이경찬.

이제 그는 더이상 느긋할 수 없었다. 여기서 돌파구를 찾지 못한다면 나락에 빠질 터였으니.

'강간살인… 강간살인… 젠장할… 내가 왜 그걸 써 놔 가지고….'

이경찬은 고도의 집중력을 발휘해 돌파구를 찾기 시작했다.

20년간 그가 이 바닥에서 쌓아온 경험과 노하우가 순식간에 스쳐 지나갔다.

수많은 법논리와 법조문.

그 순간 이경찬의 눈이 번쩍 뜨였다.

'맞아! 그거라면….'

어렴풋했던 기억은 되뇌일수록 뚜렷해져갔다.

간단하지만 법조인들 밖에는 모르는 법원리.

'이것이라면 설명해 낼 수 있어. 내가 왜 그렇게 적었는 지!'

실마리를 찾은 이경찬의 눈은 다시 빛이 났다. 그는 깊게 숨을 한번 내쉬고는 입을 열었다.

"강간살인죄가 성립하기 위해서 강간은 반드시 기수가 되어야 하는 것은 아닙니다. 저는 강간의 징후는 보지 못했지만 그것이 미수에는 이르렀다고 생각해 그렇게 적어 넣었던 것입니다."

이경찬의 해명은 법정에 앉아 있는 이들에겐 생소한 논리였다. 방청객들은 잘 이해하지 못하겠다는 듯 고개를 갸웃거렸다.

– ·저게 뭔소리야? 강간살인은 강간도 하고 살인도 한 경우에 성립하는 거 아냐?

– 나도 잘 모르겠어. 어이 김 기자, 자네 법대 나왔잖아. 저게 무슨 말인지 알아 듣겠어?

– 그게 언제적 이야긴데 제게 물으십니까? 저도 잘 몰라요.

– 거참 이상하네. 내가 알기엔 강간살인에서 강간이 미수면 강간살인은 미수가 되는 거라고 알고 있었는데…

생소한 법논리에 법 관련 기자들도 의견이 갈렸다.

이들의 생각을 읽은 유생은 이경찬을 보며 다시 물었다.

"잘 이해가 안되는군요. 자세히 설명해 주시겠습니까?"

이경찬은 더욱 목에 힘을 주어 대답하기 시작했다.

"강간살인죄는 형법 제301조의 2에 규정된 범죄입니다. 여기엔 정확히 이렇게 적혀 있습니다."

[제297조, 제297조의2 및 제298조부터 제300조까지의 죄를 범한 자가 사람을 살해한 때에는 사형 또는 무기징역에 처한다.]

"여기서 297조는 강간죄에 대한 규정이고, 제300조는 그 미수범을 처벌한다는 규정입니다. 이는 곧 강간행위가 미수라 하더라도 그가 살인을 저지른 경우 강간살인으로 처벌한다는 것입니다. 이에 저는 본 사건을 강간 미수범이 일으킨 범죄라고 판단해 공소장에 강간살인이라 적은 것입니다."

치밀하고 논리적인 설명이었다.

이경찬이 이렇게까지 설명하자 대부분 고개를 끄덕였다.

— 아하. 이제서야 이해가 되는군. 강간이 미수라도 강간살인죄는 성립하니까 그리 적었다는 것이로군.

— 듣고 보니 말 되네. 강간의 징후가 없었어도 강간 미수는 될 수 있을테니까.

— 대단해. 20년차 부장검사의 리걸마인드는 이 정도 수준이었군. 일반인들은 절대로 이런식으로 생각하진 않잖아.

— 헐. 복잡하긴 하지만 말이 돼. 헌데 결국 이렇게 빠져나가는 거야?

이경찬의 해명에 방청객들은 혀를 내둘렀다.

설명은 교묘했지만 그가 근거로 제시한 조문은 명백한 형법 규정. 모두들 이에 수긍하는 듯했다.

허나 유생의 표정은 여유가 있었다. 오히려 희미하게 웃음짓고 있었다.

유생은 이경찬을 보며 질문을 이어갔다.

"그러니까 증인은 강간 미수범이 살인을 저질렀어도 강간살인에 해당하고, 현장에서 보니 강간은 미수에 그쳤을 것이라 생각해서 그렇게 적었다는 말입니까?"

"그렇습니다."

자신있게 대답하는 이경찬. 그는 이것으로 모든 것이 끝났다고 생각했다.

그런 그를 보며 유생은 다시 물었다.

"아직 저는 잘 이해가 가질 않는군요. 부검 결과 정액도 발견되지 않았고, 그밖에 강간의 징후가 보이지 않았는데 어떻게 증인은 강간 미수라 생각한 것입니까?"

이번에도 이경찬은 거침없이 대답했다.

"폭행 또는 협박으로 반항을 제압하여 간음한 것을 강간이라 합니다. 폭행이나 협박을 했을때 실행의 착수가 인정되고 삽입이 되었을때 기수가 인정됩니다. 정액이 발견되지 않았어도 폭행 협박 사실이 있었으면 강간 미수는 성립할 수 있는 것입니다."

법정을 가득 울리는 힘있는 목소리.

이번에도 그의 말은 설득력이 있었다.

정액이 실제로 있었는지 여부를 떠나 한유나의 시신에는 분명 폭행 및 협박을 받았던 흔적은 있었던 것이다.

반론의 여지없는 완벽한 해명.

법정의 모두는 이경찬의 논리에 수긍하고 있었다.

하지만 유생은 아니었다. 유생은 그의 논리의 틈을 정확히 보고 있었다.

'법논리는 맞아. 하지만 사실을 놓고보면 앞뒤가 뒤바뀐 논증이지.'

유생은 빙긋 웃으며 입을 열었다.

"폭행 또는 협박으로 간음한 것을 강간이라 한다는 증인의 말은 분명 사실입니다.

또한 성기가 삽입되었을 때를 강간죄의 기수로 보는 우리법제에서 폭행과 협박이 있었다는 사실을 토대로 강간 미수를 인정할 수도 있습니다.

하지만 이 시신을 보고 강간 미수를 생각했다는 것은 매우 이상한 일입니다."

유생은 손에 든 리모컨을 눌렀다. 동시에 프로젝터 화면은 한유나의 시신을 비추었다.

적나라하게 드러나 있는 다섯개의 자상과 목에 나 있는 상처.

유생은 이를 보여주며 입을 열었다.

"증인의 말에 따르면 이 시신에 나 있는 다섯 군데의 상처에서는 피가 철철 흐르고 있었습니다. 게다가 정액이나 다른 강간의 징후는 발견하지 못했죠."

잠시 말을 멈춘 유생은 주변을 돌아보았다. 그 순간 법정의 몇몇은 유생이 이야기하는 바를 눈치챈 듯 눈을 빛냈다.

그런 그들을 보며 유생이 물었다.

"이상하지 않으십니까? 만약 증인의 말이 모두 사실이라면 이 시신으로 추론할 수 있는 범죄는 오히려 살인죄가 아닐까요?"

유생의 물음은 결정적이었다.

형법상 폭행과 협박을 구성요건으로 하는 범죄는 강간만이 아니다. 폭행죄와 협박죄도 있고, 결과적으로 상해가 발생하면 상해죄, 살인이 발생하면 살인죄도 가능하다.

그럼에도 아무런 정황없이 폭행, 협박만으로 강간의 미수를 추론한다는 것은 말도 안되는 논리였다.

그 순간 법정의 모든 이들은 지금까지 이경찬의 증언에 숨어 있던 모순을 발견했다.

되돌리기에는 너무나도 큰 모순.

이제 유생은 그 모순을 거침없이 파고들기 시작했다. 그는 시신에 있는 칼자국과 멍자국을 짚으며 말을 이었다.

131

"물론 증인의 말대로 시신에는 폭행과 협박의 흔적은 있습니다. 하지만 강간의 징후를 전혀 발견하지 못한 그 시점에서 어떻게 이것들을 강간행위와 연결시켰는지는 의문입니다."

유생은 눈을 번뜩이며 이경찬에게 물었다. "증인은 왜 이것들을 가지고 강간 미수라 생각했습니까? 오히려 살인에 수반한 상처들로 보는 것이 자연스럽지 않습니까?"

"그, 그것은…."

이경찬은 쉽게 말을 잇지 못했다.

여기서 지체하면 안된다는 것을 알았지만 어쩔 수가 없었다.

'이럴수가….'

유생의 지적은 너무나도 정확했다.

피가 철철 흐르는 시신, 거기다 부검 과정에서 강간의 징후까지 발견하지 못했다면 애초에 기록해 놓았어야 하는 것은 살인죄였다.

'여기서 무너질 수는 없어. 100만달러…. 100만달러가 눈앞에 있다고!'

이경찬은 필사적이었다. 그는 어떻게든 말을 만들어냈다.

"그, 그래도…. 그 상처들은 강간행위에 수반된 것이라 생각했습니다. 충분히 그럴 가능성이…."

"가능성?"

유생은 버럭 소리를 질렀다.

"가능성이라니요! 아무런 정황도 없이 단지 가능성만으로 법정형이 사형과 무기징역뿐인 강간살인죄로 의심했다는 말입니까!"

유생은 추상과 같은 표정으로 그를 꾸짖었다.

"증인은 검사입니다. 그런 당신이 의심스러울 때는 피고인의 이익으로 생각하라는 형사법의 대원칙을 생각하지 못했다는 겁니까?

당신의 부하 검사가 그런 식으로 죄명을 써 가지고 오면 당신은 거기에 결제를 해 줍니까?

그런 당신이 명백한 살인죄를 아무런 정황도 없이 법정형이 극히 중한 강간살인죄로 처벌할 것을 생각했단 말입니까?

지금 그걸 우리더러 믿으라는 것입니까!"

유생의 호통은 지금껏 거짓으로 잠들었던 법정을 일깨웠다.

마치 진실인 것처럼 꾸미고 있었던 거짓이 완전히 드러나는 순간이었다.

동시에 이경찬은 자신의 계획이 모두 물거품이 된 것을 깨달았다.

'끝이군. 이건 뒤집을 수 없어.'

이경찬은 고개를 푹 숙였다. 더이상 그는 법정의 누구와도 눈을 마주칠 수 없었다.

죄를 들킨 도둑처럼 그의 어깨는 가늘게 떨리고 있었다. 유생은 그를 더욱 몰아쳐 갔다.

"당신은 20년차 검사입니다. 그런 당신이 아무런 정황도 없이 이 시신을 보고 강간살인이라 생각했을 리는 없습니다. 만약 당신이 증언한 것이 모두 사실이라면 공소장엔 분명 살인이라 적어 놓았을 겁니다."

유생의 정리는 빈틈이 없었다.

그리고 이경찬은 침묵했다. 어떠한 반론도 대답도 하지 못한채 그저 고개를 숙이고 있었다.

유생은 재판장을 보며 마무리했다.

"지금까지 증인은 시신에서 정액이나 여타 강간의 징후는 발견하지 못했다 증언했습니다. 허나 이것은 증인 자신이 직접 제게 건넨 사건기록과는 완전히 배치되는 사실입니다. 증언이 사실이라면 기록에는 살인죄라 적혀 있어야 했습니다.

증인은 거짓을 말했고, 이는 그가 이번에도 증거인멸을 시도했다는 것을 의미합니다.

그렇다면 지금까지 나온 증거들만으로 당시 실제로 있었던 상황을 추측해 본다면 어떨까요? 과연 검찰에서 20년동안 근무하고 서울지검 강력부 부장검사까지 오른 자가 아무런 증거와 정황도 없이 이 시신을 보고 강간살인이라 생각했을까요?"

잠시 재판장과 눈을 마주친 유생은 보다 또렷한 목소리로 말을 이었다.

"그는 발견했을 겁니다. 정액이든 뭐든 강간살인이란 범죄 자체는 너무나도 명백했기 때문에 그가 참관한 부검기록과 사건기록에는 공통적으로 강간사실을 적어넣었던 것입니다.

그렇다면 왜 여기에서 증인은 강간 사실을 부인했을까요?

지금까지의 정황을 추론해보면 그의 의도는 간단합니다.

피고인 이경찬은 증거를 인멸해 범인을 조작한 혐의를 받고 있습니다. 만약 그것이 사실이라면 당시 그에게 중요했던 사실은 범행 도구를 조작해 피고인 신종호를 용의선상에서 제외시키는 것이었습니다. 강간여부는 사실 중요한 것이 아니었죠.

하지만 상황은 바뀌었습니다. 지난 공판에서 범행 도구가 칼이 아닌 끈이라는 것이 드러난 것입니다. 이로써 피고인 신종호의 알리바이는 깨졌고, 이들이 쓸 수 있는 수단은 형량의 감소. 따라서 강간사실을 부인할 필요성이 생긴 것입니다.

:Legal Mind

이번 공판에서 증인이 정액을 발견하지 못했고, 강간 정황을 발견하지 못했다고 주장한 것은 이같은 맥락에서 받아들여야 할 것입니다."

그때 박동수가 일어나 외쳤다.

"재판장님! 검사는 지금 아직 증인의 확정되지 않은 혐의를 확정된 것처럼 말하고 있습니다. 또한 무리한 추측으로 사실을 호도하고 있습니다!"

"이것은 무리한 추측이 아닙니다! 이경찬이 받은 그림은 명백히 신화그룹 측에서 받은 것입니다. 또한 방금 증언에서 거짓을 말한 것이 드러나지 않았습니까? 이성적으로 생각한다면 본 검사의 추측은 결코 무리한 것이 아닙니다!"

유생의 반론은 날카로웠다. 둘의 말을 들은 재판장은 고개를 끄덕였다.

"증인의 증언이 의심스러운 것은 사실입니다. 지금까지의 정황들로도 검사의 추측은 충분히 일리가 있습니다. 증인의 혐의를 다소 확정적으로 언급한 면도 있지만 그것은 어디까지나 진실을 드러내기 위한 방편으로 보입니다. 따라서 변호인 측의 이의는 기각합니다. 검사는 계속하세요."

유생은 고개를 한번 숙이고는 다시 입을 열었다.

"증거는 사라졌지만 지금까지 밝혀진 정황은 명백하니

다. 당시 부검했던 이범석은 정액의 존재에 대해서 '모른다.'고 했습니다. 반면 이채영은 자신이 징계를 받을 수 있음에도 '있었다.'고 답했습니다. 그리고 증인 이경찬은 거짓말을 했습니다.

이 시점에서 아직도 진실이 모호합니까? 범행과 관련된 이들이 거짓으로 부인한다고 강간이 있었다는 사실이 없어집니까? 여러분은 지금 강간사실을 의심할 수 있습니까?

이미 진실은 드러났습니다. 지금까지의 거짓 증언들은 오히려 한유나의 시신에서 강간의 징후를 발견한 것이 분명하다는 확신에 이르게 했습니다.

판사님들의 현명한 판단 기다리겠습니다. 이상입니다."

숨막힐듯한 논증과 변론.

유생의 변론이 끝났을 때 법정의 모든 이들은 탄성을 토했다.

◇

유생의 변론은 태양과도 같았다. 그가 변론을 끝냈을 때 법정에 끼어있던 거짓의 안개는 말끔히 사라져 있었다.

방청석에 앉은 기자들은 연신 감탄사를 연발하며 메모해 나갔다.

:Legal Mind

- 검사 신유생, 틈이 없을 것 같았던 이경찬의 해명을 완벽하게 논파하다.

- 치밀한 논리로 거짓을 증언했지만 그보다 더 치밀한 논리로 진실을 드러냈군.

- 상상할 수 없는 변명과 논박. 이게 생중계가 되고 있다는 사실이 다행스럽다. 이것을 본 이들이라면 법정에서 감히 거짓말을 할 생각은 쉽게 하지 못할꺼야.

- 거짓말은 어떤 논리를 갖다붙이건 들통이 나게 되어 있군. 그래도 그걸 꿰뚫어보다니… 대단해, 저 검사.

- 이번 재판 과연 결말은 어떻게 날까? 재벌2세의 실형은 과연 가능할까?

이제 방청객들의 관심사는 바뀌어 있었다.

그들은 신종호의 강간 사실에 대해서는 더 이상 의심하지 않았다.

대신 지금까지 재벌들을 처벌해오던 관행인 '삼오법칙 (징역3년에 집행유예5년)'이 과연 이번 재판에서 깨질 것인지 궁금해 하기 시작했다.

- 그래도 신종호는 신화그룹 회장의 막내아들이야. 과연 실형이 떨어질까?

- 강간살인의 법정형은 사형과 무기징역 뿐이야. 혐의

가 인정된다면 최소 무기징역이 나와야 해.

– 하지만 재벌 출신 중에서 무기형을 받은 이들은 아직까지 없다고.

– 그건 그들의 지은 죄가 그렇게 무겁지 않았기 때문이지. 이번 일은 달라. 강간살인 혐의가 확정되면 판사들이 집행유예를 내릴 재량 같은 건 완전히 사라져버려.

– 제발 그랬으면 좋겠다. 놈들도 정당한 처벌을 받아야 한다고!

방청객들의 불신은 깊었다.

대서특필되던 재벌들의 범죄들. 허나 그들은 번번이 솜방망이 처벌만을 받아왔다.

시간을 길게 끌어 대중의 이목을 돌린 다음 내려지는 판결은 대부분 집행유예. 더이상은 그런 관행이 지속되어선 안되었다. 사법부의 판결은 누구에게나 공평해야 했다.

사상 초유의 재벌 실형 선고를 기대하면서 그들은 숨죽여 재판정을 지켜보기 시작했다.

좌우배석과 함께 의견을 정리한 재판장이 입을 열었다.

"변호인, 증인 신문 하시겠습니까?"

박동수는 일어서지 못했다.

여기서 자칫 잘못된 논리로 신문을 하다가는 오히려 자신이 덫에 걸릴 것이기 때문이었다.

'지금까지 신문… 드러난 내용들이 좋지 않아.'

이범석의 묵비권 행사와 이채영의 정액을 발견했다는 확답.

사실 여기까지만 해도 승기는 박동수에게 있었다. 거기에 이경찬의 지원으로 완전히 이길 수도 있었다.

허나 방금 이경찬은 유생에게 철저하게 깨졌다.

무리한 증언으로 지금까지 쌓아온 거짓이 모두 드러나 버린 것이다.

'멍청한 놈… 조금만 깊이 생각했어도 이 지경은 피할 수 있었을텐데….'

박동수가 생각하기에 이경찬의 증언은 너무나도 아쉬웠다. 차라리 이범석처럼 기억나지 않는다고 잡아떼었다면 여기까지 오진 않았을 터였다.

그가 검사라는 것을 생각해 미리 말을 맞추지 않은 것이 화근이었다.

하지만 상황은 이미 완전히 뒤집힌 상태.

유생의 말대로 강간에 대한 의심은 이제 확신에 이르렀다고 봐도 과언이 아니었다.

'여기서 뒤집으려다가는 판을 완전히 망칠 수가 있어.'

박동수는 바다 로펌의 간판 변호사다웠다.

현재 자신의 위치를 파악하는 능력이 아니었다면 지금의 그는 없었을 터.

그는 냉철하게 눈 앞에 놓인 판을 읽어내려갔다.

자신이 가진 패와 상대의 패. 그리고 판사들의 예측되는 반응들까지.

그렇게 내린 결론은 하나였다.

'강간은 이미 사실이 되었어. 지금 다시 다투는 것은 무의미해.'

판단이 서자 박동수는 재판장에게 말했다.

"저희측은 신문하지 않겠습니다."

"여기서 신문을 포기한다면 강간 사실 여부에 대해서는 변호인 측에 불리한 결론이 내려질 수도 있습니다. 그래도 괜찮습니까, 변호인?"

박동수는 입술을 한번 깨물고는 이내 고개를 끄덕였다.

"네. 괜찮습니다."

사실상 강간 사실을 인정하는 것이나 다름 없는 답변.

하지만 끝난 것은 아니었다.

그에게 있어서 강간은 그리 쉽게 포기할 수 있는 것이 아니었다.

'살인의 고의가 부정된다해도 강간치사가 성립될 뿐이야. 강간치사의 법정형은 무기 또는 10년이상의 징역. 설사 작량감경이 된다해도 이것으론 집행유예는 불가능해.'

신동철 회장과 약속한 성과금 50억.

집행유예를 따내지 못하면 모두가 물거품이 될 터였다.

'이대로 포기할 수는 없지.'

박동수는 눈을 빛내며 입을 열었다.

"간음 사실에 대해서는 여전히 의심스럽지만 증인의 거짓말이 밝혀진 이상 신문하진 않겠습니다. 하지만 혐의를 인정하는 것은 아닙니다. 간음 사실을 인정한다 하더라도 피고인의 고의가 입증되지 않는다면 강간살인죄는 성립할 수 없기 때문입니다."

"그렇다면 변호인은 살인에 대해서 뿐만아니라 강간에 대해서도 고의를 부정한다는 말인가요?"

재판장의 물음에 박동수는 고개를 끄덕였다.

"네. 그렇습니다. 이를 위해 피고인 신종호를 증인으로 신청하는 바입니다."

박동수의 목소리는 법정에 고요하게 울려퍼졌다.

고의의 부정.

칼날을 품고 있는 그의 차분한 목소리는 결코 양보할 수 없는 2차전을 알리고 있었다.

박동수의 주장은 다시 법정에 그림자를 드리웠다.

고의의 부정.

처음엔 살인의 고의만 부정하려 했지만 강간 사실이 확

실시 되면서 전략을 바꾸었다.

'모든 혐의에 대한 고의를 부정해야 해. 그렇지 않으면 집행유예는 불가능하다.'

박동수는 신동철 회장과의 약속을 떠올렸다.

집행유예를 받을 것을 조건으로 약속한 50억원. 이는 결코 적은 돈이 아니다.

'이번 한 건으로 내 인생은 완전하게 달라질 것이다.'

박동수는 의욕을 불태웠다.

이를 위해 만반의 준비를 갖춘 그였다. 패배는 단 한번도 생각한 적이 없다.

'이제 네놈만 헛소리를 안하면 된다.'

박동수는 증인석을 바라보았다.

미결수복을 입은 채 서 있는 신종호. 이제 막 선서를 마친 그의 표정은 딱딱하게 얼어 있었다.

지금까지와는 전혀 다른 모습. 그것은 공포에 질린 모습이었다.

상황이 어떻게 돌아가고 있는지는 철없는 그에게도 훤히 보였다. 자칫 잘못하면 그에게 내려질 벌은 사형 아니면 무기징역이었으니.

'가, 감옥은 싫어!'

사형은 97년 이후로 집행된 적이 없으니 문제되진 않았다. 허나 미결구금 상태로도 충분히 지옥을 맛보고 있는 신종호는 무기징역이 무엇인지 정확히, 뼈저리게 알고 있었다.

박동수는 신종호와 눈빛을 교환했다.

'아까 시킨대로만 하면 된다. 아무리 멍청해도 그 정도는 할 수 있겠지.'

준비를 마친 박동수가 입을 열었다.

"간단히 묻겠습니다. 나이트 룸 안에서 피고인은 한유나를 죽이려 했던 것입니까?"

"아, 아닙니다."

"그럼 한유나는 어떻게 죽은 겁니까?"

"저, 저도 잘 모르겠습니다. 기, 기억이 나질 않습니다."

신종호의 목소리는 떨리고 있었다.

그런 그에게 박동수는 다시 차가운 목소리로 답변을 요구했다.

"그러면 기억나는데까지만 이야기하세요. 되도록이면 솔직히 말입니다."

마치 검사가 신문하는 듯한 어투.

미리 짜놓은 질문이었지만 신종호에겐 생소하기 그지없었다. 그는 다시 떨리는 목소리로 입을 열었다.

"노, 놀이를 하려고 했어요. 그, 근데 술을 너무나도 많이 먹어서… 히, 힘이 많이 들어간 것 같아요."

이해가 가지 않는 말들. 중간에 몇몇 문장이 빠져있는 것 처럼 서로 이어지지 않는 말들이었다.

신종호는 진정으로 횡설수설하고 있었다. 그리고 그것은 박동수에겐 그리 나쁘지 않은 상황이었다.

'좋아. 이대로 밀어붙이자.'

박동수는 바로 다음 질문을 이어갔다.

"놀이는 무슨 놀이인가요? 혹시 끈을 사용한 놀이입니까?"

"네, 네 맞아요. 서로 잡아당기고 노, 노는 그, 그런…."

"정확히 어떤 규칙의 놀이인가요?"

정곡을 찌르는 질문에 신종호는 바로 답하지 못했다.

잠시 머뭇거리던 그가 입을 열었다.

"잘, 기, 기억이 안납니다. 수, 술을 많이 먹어서…."

"그러니까 술을 많이 마셔서 기억이 안난다는 건가요? 당시 술을 얼마나 마셨길래 그렇습니까?"

"야, 양주 한 병에 맥주는… 세, 아니, 네 병 정도…."

신종호의 말더듬이는 더 심해졌고 동시에 박동수의 미소는 짙어졌다.

'잘 하고 있어.'

신종호의 답변은 어설프고 헛점이 많았지만 박동수가 보기엔 만족스러웠다.

박동수의 노림수는 다름아닌 신종호의 과음상태.

당시 너무나도 많은 술을 마셨고, 스스로 놀이라 생각했던 것으로 사람이 죽었다면 과연 그것을 고의로 볼 수 있을 것인가라는 것이 그의 주된 논리였다.

"양주 한병에 맥주 네병이라구요?"

"네, 네. 마, 맞아요."

박동수는 눈을 빛내며 리모컨을 눌렀고, 프로젝터 화면에 사진 한 장이 올라왔다.

"이것은 당시 사건 현장의 사진입니다. 테이블 위의 술병들을 보면 피고인의 증언이 결코 거짓이 아님을 알 수 있을 것입니다."

박동수는 사진 구석구석을 포인터로 가리켰다.

테이블 위에 놓인 것은 양주 한 병과 과일 안주. 맥주병은 보이지 않았지만 분위기상 사진이 비추지 않은 다른 곳에 놓여 있을 가능성도 있어보였다.

박동수는 희미한 미소를 띠며 입을 열었다.

"양주 한병을 모두 비우고 맥주 네 병을 마셨다면 결코 정상적인 상태는 아니었을 겁니다. 게다가 피고인의 증언에 따르면 둘은 단지 놀이를 하고 있었다고 합니다.

생각해 보십시오. 만취한 상태에서 놀이를 한 것입니다. 물론 한유나 양이 사망한 것은 유감스러운 일입니다만, 과연 피고인의 그런 상태에서 한유나 양을 죽일 의도를 가지고 있었을까요?

기억조차 제대로 못하는 피고인입니다. 거기다 이 사진에서 보듯 피고인은 양주 한병과 맥주 네병을 마신 상태라는 것은 분명합니다.

과연 이런 상태에서 그가 한유나의 목을 졸랐다 해도 그 행위에 고의가 있었을까요?

또한 이런 만취 상태에서 간음한 정황이 발견되었다는 해도 그것을 강간으로 평가할만한 고의가 있었을까요?

이 두가지 고의가 입증되지 않는다면 피고인을 강간살인죄로 처벌할 수는 없을 것입니다. 이상입니다."

신문을 마친 박동수는 자리로 돌아왔다.

여전히 방청객들은 그의 논리에서 헛점을 찾을 수가 없었다.

– 고의라…. 정말로 만취상태였다면 고의를 인정할 수가 없을 것 같아.

– 하긴… 기억도 저렇게 가물가물한데 고의는 무슨….

– 내 생각은 틀려. 술에 취했다고 전부다 고의가 부정되는 건 아니잖아. 음주운전이나 뺑소니사고를 생각해 봐. 술취했다고 그들을 봐주진 않는다고.

– 그렇긴 해. 그런데… 이번 사건을 음주운전 같은 것과 똑같이 볼 수 있는 걸까?

:Legal Mind

고의가 인정될 수 있다는 이들과 없다는 이들.

의견은 분분했다.

이들의 논쟁을 끝내려는 듯 유생이 일어섰다.

성큼 걸음으로 증인석으로 다가온 그는 희미한 미소를 띄며 입을 열었다.

◇

"증인의 주량은 얼마입니까?"

"그, 그건…."

신종호는 얼른 대답하지 못했다. 박동수를 쳐다보긴 했지만 그라고 별 수가 있는 것은 아니었다.

유생은 한발 다가서서 신종호의 시야를 가렸다. 더이상 박동수와 눈을 마주치지 못하도록.

그리고는 다시 물었다.

"자신의 주량도 기억이 안나는 겁니까? 눈치 볼 것 없습니다. 솔직히 말해주세요."

잠시 머리를 굴리던 신종호가 입을 열었다.

"소, 소주 반 병이요."

"소주 반 병. 그럼 증인은 소주 반 병만 마시면 만취하는 겁니까?"

"네, 네."

유생은 질문을 멈추지 않았다. 상대가 과음상태를 빌미로 하는 만큼 그에 대해 자세한 정보를 물어갔다.

"만취라는 것은 필름이 끊길 정도인가요? 아니면 발걸음이 흐트러질 정도인가요?"

"피, 필름이 끊길 정도는 아니고… 바, 발걸음이…."

"발걸음이 흐트러질 정도라는 것인가요?"

"네, 네. 그거요."

"알겠습니다."

질문을 마친 유생은 잠시 눈을 감고 생각했다.

지금까지 물은 것은 신종호의 주량에 대한 것이 전부. 허나 그것이 무슨 의도인지는 아직 아무도 몰랐다.

얼마 후 유생은 고개를 끄덕이며 정리했다.

"주량이 소주 반 병이라는 피고인의 말에 따르면, 양주 한병과 맥주 네 병을 혼자서 마셨을 경우 인사불성 상태가 될 수도 있겠군요.

그렇다면 단지 고의만이 문제가 아니겠는데요? 자신이 무엇을 했는지 기억하지도 못할 뿐더러 의사능력 자체가 없었을 수도 있을테니까요."

박동수의 논지에 동의하는 듯한 정리. 거기에 더해 유생은 의사무능력까지 거론하고 있었다.

의사무능력 상태가 인정된다면 처벌은 완전히 배제될 수 있다. 형법 10조는 의사무능력자에 대한 처벌을 분명하

:Legal Mind

게 금지시키고 있었으니.

– 헐… 검사님… 도대체 어쩌려는 거야?
– 의사무능력이 되면 처벌은 완전히 물건너가는 거잖
아.
– 왜 그걸 말하는 거야? 괜히 그것까지 말해서 그냥 '죄
는 인정되는데 의사무능력이라 처벌 못해.' 뭐 이렇게 되
는거 아냐?

방청객들은 실망한 눈치였다.
허나 반전은 시작되고 있었다. 유생은 눈빛을 바꾸며 한
마디를 던졌다.

"하지만 증인이 사건 당일 그만큼의 술을 마셨는지는
의문입니다."

유생은 차가운 눈빛으로 노려보면서 날카롭게 물었다.
"증인 대답하세요. 그날 양주 한 병을 모두 비웠다는 말
은 사실입니까?"
신종호의 표정이 굳어졌다. 그는 우물쭈물하며 대답하
지 못했다.
여기서 지체한다면 의심을 받을 수도 있는 상황.

그때 박동수가 일어나 반박했다.

"이미 증거 화면을 보여드렸을텐데요. 저 화면의 사진은 검찰의 수사기록에 첨부되어 있던 사진입니다. 룸 안에는 저렇게 양주병이 놓여져 있었습니다. 이것만 봐도 피고인이 이를 모두 마셨다는 것은 누구나 쉽게 예상할 수 있습니다. 그럼에도 검사님은 만취상태를 의심하는 겁니까?"

그 순간 유생의 눈이 반짝 빛났다. 그는 빙긋 웃으며 입을 열었다.

"바로 그겁니다. 증거 화면."

유생은 프로젝터 화면이 비추고 있는 사진을 가리키며 말을 이었다.

"이 사진은 변호인이 말한 대로 사건 기록에 첨부된 현장 사진입니다. 하지만 제가 가진 원본과는 차이가 있습니다."

유생은 리모컨을 눌러 화면을 바꾸었다.

사건 당일 룸 내부의 모습이 찍힌 사진. 그 사진은 박동수의 것과 큰 차이는 없었지만 분명히 다른 점이 있었다.

선명도와 배율.

박동수가 제시한 사진은 양주와 안주를 중심으로 확대되어 있었고, 약간 흐릿했다.

반면 유생이 보인 현장 사진은 룸 전체의 모습이 한 눈에 들어왔다.

"이것이 원본입니다. 언뜻 보기엔 비슷해 보이지만 변호인이 제시한 사진과는 결정적인 차이가 있습니다."

유생은 포인터로 테이블에 놓은 양주병을 가리키며 말을 이었다.

"여기 이 술병을 보십시오. 병에 남아 있는 술의 양이 선명하게 보이지 않습니까? 또한 이 방 어디에도 맥주병은 보이지 않습니다. 그리고 여기엔 이런 것들도 보이는군요."

그가 포인터로 둥글게 가리킨 것은 잔이었다.

테이블 구석구석에 놓여 있는 네 개의 잔. 그 중 몇몇은 빨간색 립스틱이 묻어 있었다.

그것을 본 박동수의 표정이 굳어졌고, 유생은 빙긋 웃었다. 박동수의 수법은 유생에겐 어린애 장난처럼 보인 탓이었다.

'현장 사진을 확대해 진실을 가린다. 그런 초보적인 수에 당할 수는 없지.'

단지 사진을 확대하는 것만으로도 보이는 진실은 달라질 수 있다. 또한 사진 확대를 조작이라 할 수는 없었기에 이런 식의 수법은 많이 이용되곤 했다.

'그건 짜고 치는 재판에서나 통하는 수법이다, 애송이.'

유생은 미소를 흘리며 말을 이어 나갔다.

"양주병에는 술이 절반이나 남아 있었습니다. 게다가 테이블에 놓여 있는 잔은 모두 넷. 이는 이 양주를 피고인 혼자서 전부 다 마신 것이 아니라는 것을 드러내고 있습니다.

양주의 용량은 500ml. 남은 것은 그 절반이니 250ml의 양주를 네 명이서 나눠마셨다고 보는 것이 맞습니다.

그렇다면 증인이 직접 마신 양주의 양은 적어도 60 많아야 80ml 정도. 20도짜리 소주 반병(180ml) 정도가 주량이라고 하는 증인이 겨우 이 정도를 마시고 의사결정을 할 수 없는 상태가 되었다고는 볼 수는 없는 것입니다."

유생의 말은 박동수의 논지가 가지고 있던 틈을 정확히 파고들고 있었다.

이제 박동수는 가만히 지켜보고 있을 수 없었다. 이것마저 깨진다면 신종호의 혐의는 확정되고 자신의 성과금은 완전히 사라질 터였으니.

'거기다 이건 공개재판이야. 여기서 지면 내 이미지는 완전히 바닥으로 떨어진다.'

지금까지 바다로펌에서 쌓아온 간판 변호사로의 이미지는 돈으로 환산할 수 없는 것이었다.

더이상 가만히 보고만 있을 수는 없었다.

박동수는 일어나 다급하게 외쳤다.

"설사 만취상태가 아니었더라도 고의의 문제는 남아있습니다. 정신이 혼미해 사람을 잘못 보았을 수도 있는 것입니다!"

:Legal Mind

박동수의 말이 떨어지기 무섭게 유생은 바로 반격에 들어갔다.

"강간이든 살인이든 고의의 대상은 사람인 것으로 충분합니다. 굳이 눈앞에 있는 자가 한유나 임을 인식하지 못했어도, 그녀가 사람이고 여자라는 정도만 인식했다면 구성요건적 사실은 인지한 것입니다!"

"하지만 증인은 모든 것을 놀이라 생각했다고 하지 않았습니까? 그는 단지 놀이를 했을 뿐입니다. 거기에 살인이나 강간의 의지는 없었던 것입니다!"

끈질긴 반박.

허나 박동수의 그 말은 유생의 심기를 건드렸다. 법조인으로서는 결코 할 수 없는 말들이 거기에 있었기 때문이었다.

유생은 목에 핏대를 세우며 외쳤다.

"놀이라구요? 방금 놀이라 했습니까?"

유생은 화면을 넘겨 한유나의 시신을 보였다. 시신의 목 주위의 상처를 가리키며 말을 이었다.

"이 시신에 드러난 끈자국이 안보이십니까? 피고인은 강간을 하면서 이렇게 선명한 자국이 남을 정도로 목을 졸랐습니다. 그렇게 한유나가 죽었습니다. 그것이 고의가 아니었다구요? 단지 술을 먹었고 기억을 못한다는 이유만으로 고의가 부정되는 줄 아십니까? 우리나라 법제가 그렇게 만만해 보입니까?

고의란 구성요건적 사실을 인지하고 결과발생을 용인하는 것을 의미합니다.

한유나의 시신에 강간의 흔적이 있고, 목에는 선명한 끈 자국이 나 있습니다. 이는 피고인이 한유나를 한 명의 여자로 인식했고, 그녀를 죽여도 어쩔 수 없다고 생각했던 명백한 증거가 됩니다. 이 증거들 앞에서 단지 기억나지 않는다는 것은 변명이 되지 않습니다!"

유생의 외침은 박동수가 미처 말하지 못했던 모든 말들에 반박하고 있었다.

구성요건적 고의.

범죄가 인정되기 위해선 분명 고의가 필요하다.

그것은 죄의 성립여부를 가르는 중요한 범죄 요건 중의 하나. 허나 단지 피고인이 이를 부인하거나 기억나지 않는다고 하여 고의가 부정되지는 않는다.

죄를 저지른 이들이 순순히 고의를 인정하는 예는 거의 없고, 그렇게 고의가 부정된다면 죄가 성립되는 이들은 거의 없을 테니.

'그렇기 때문에 객관적 정황만으로 고의를 인정할 수 있는 미필적 고의론이 나온 것이지.'

유생의 반론은 미필적 고의론을 원용한 것이었다.

시신에 남아 있는 강간 흔적과 죽음의 직접적인 원인이

된 끈자국. 이 정황만으로도 충분히 강간과 살인의 고의는 인정될 수 있는 것이었다.

'그렇기에 피고인 신종호의 증인 신문은 전혀 불필요했어. 어차피 그의 증언으로 고의가 있었다는 사실은 뒤집히지 않으니까.'

유생이 의사무능력에 대한 점을 끄집어 낸 것도 그런 이유였다. 박동수가 주장한 만취상태는 고의를 부정할 수는 없었지만 의사무능력을 주장할 수는 있었기 때문이었다.

'이제 다 끝났어.'

유생은 회심의 미소를 지으며 박동수를 바라보았다.

박동수는 더이상 반박하지 못했다.

그는 털썩 자리에 앉았고, 결국 신종호를 내세운 증인 신문은 거기서 끝나고 말았다.

고개를 숙인 박동수의 모습을 본 방청객들은 이제 이 긴 싸움이 어떻게 끝날 것인지 예감했다.

ㅡ 변호인이 더이상 반박하지 못하고 있어.

ㅡ 이대로면 이기는 거 아냐?

ㅡ 아직 방심하긴 일러. 이경찬에 대한 심리도 남았잖아.

ㅡ 하지만 방금 그걸로 박동수는 완전히 끝났어. 신종호의 혐의를 부인하지 못했다고!

– 정말 이대로 이기는 거야? 그런거야?

　방청객들은 바로 앞에서 벌어진 일들을 보고도 쉽사리
믿지 못했다.

　그동안 보이지 않는 벽에 둘러싸여 예외로 다뤄졌던 재
벌의 처벌.

　이제 그 벽이 무너지고 있었다. 이제 그들도 자신이 행
한 대가를 똑같이 받는 순간이 다가오고 있었다.

　사상초유의 실형 선고를 눈 앞에 두고 재판장은 다음 절
차를 진행시켰다.

　"그럼 피고인 신종호에 대한 심리를 마치고, 피고인 이
경찬에 대한 심리절차를 진행하겠습니다."

　모두가 숨죽여 지켜보고 있는 가운데, 이경찬의 증거인
멸 및 수뢰후 부정처사 혐의에 대한 심리가 이어졌다.

◇

　박동수의 변론이 무너진 후, 심리는 한결 부드러워졌다.

　유생은 거침없이 공격해 들어갔고, 그를 막을 수 있는
자는 이제 아무도 없었다.

　유생은 화면에 '청록산수'를 비추며 입을 열었다.

　"이것은 피고인 이경찬의 집에서 발견된 그림입니다.

시가 15억 상당의 이 그림은 불과 3개월 전까지만 해도 신화그룹의 소유였습니다. 또한 이경찬은 피고인 신종호의 범행에 대한 증거를 인멸한 혐의가 있습니다. 시간상으로 이 두 사건은 밀접해 있고, 따라서 이들은 대가관계에 있음이 분명합니다."

꽤 많은 시간이 흘렀지만 유생의 논지에는 빈틈이 없었다.

조금 전 모순된 증언을 했던 이경찬은 섣불리 반박할 수 없었다. 그러기엔 이미 너무나도 많은 진실들이 드러났고, 이들은 모두 이경찬의 범죄를 뒷받침하고 있었다.

또한 그의 앞에서 중계하는 카메라는 그에게 압박감을 주기에 충분했다.

'이미 승부는 났다. 여기서 입을 열어봤자 형량이 늘어나고 개망신이 될 뿐이야.'

이경찬은 침묵했다.

유생의 물음에는 모두 묵비권을 행사해 자신의 혐의에 대해선 아무 말도 하지 않았다.

"증인 신청을 하겠습니다."

묵비권 행사에 대한 유생의 대처는 빨랐다.

김순철 경장이 증인석에 서고, 이어서 불독 김형철 반장의 증언이 이어졌다.

"법원에 오기 직전 김형철 반장으로부터 돈을 받았습니

다. 그것은 위증을 하는 대가였습니다."

"신화그룹으로부터 돈을 받았습니다. 그룹 계열사 계좌를 통해 여러차례 세탁된 돈이었습니다. 신종호에게 유리한 증언을 하는 것이 그 조건이었습니다."

증인들의 증언은 이경찬을 둘러싼 모든 진실들을 드러내기 시작했다.

새로운 사실을 증언할때마다 방청객들은 고개를 끄덕였다.

– 아, 이런 것이었군. 이게 어떤 사건인지 완전히 알았어.

– 신화그룹이 아들을 무죄로 만들려고 돈을 억수로 갖다가 부었구만.

– 대박! 검사 말이 다 맞았어. 다들 실토하니까 맨처음 검사가 했던 말들을 그대로 하잖아.

– 전율이다, 이건. 지금까지 소문으로만 들었던 이야기들이 모두 사실이라는 거잖아?

그리고 결정타는 국과수에서 검거한 양석훈 서기의 증언이었다.

양석훈은 순순히 사실을 말했다.

"제가 정액 샘플을 없애고, 시신을 유족에게 반환했습니다. 그것은 이범석 과장의 지시에 따른 것이었습니다."

이어서 나온 이범석, 한숨을 푸욱 내쉰 그는 바로 자백했다.

"시신에 직접 자상을 낸 것은 이경찬입니다. 이후의 모든 증거인멸행위는 그가 시킨 것입니다."

그의 증언은 결정적이었다. 이것으로 이경찬의 범행은 모두 밝혀졌다.

신화그룹에서 받은 돈에서 부터 범행을 사주한 경로까지. 모든 사실들은 톱니바퀴처럼 맞물려 있었다.

'이제 끝이군.'

이경찬은 눈을 질끈 감았다.

신화그룹이 건재하고 있는 한 결코 올 것 같지 않았던 순간. 그로썬 결코 마주하고 싶지 않은 순간이 이제 코앞에 다가왔다.

◇

이경찬에 대한 심리가 끝난 후 최후변론이 이어졌다.

유생은 강한 어조로 논고를 시작했다.

"지금까지 증거조사와 증인신문으로 드러난 사실은 실로 명백하다 생각합니다. 신종호는 사건 당일 현장에서 피해자 한유나를 강간함과 동시에 끈으로 목을 졸라 살해했습니다. 이것은 의사무능력상태에서 행한 것도 아닌 온전

한 의사로 행한 것입니다.

또한 피고인 신종호는 기록상으로는 초범이지만 의심스러운 정황이 있습니다."

논고 중 나온 흘러나온 의혹.

모두는 유생에게 집중했고, 유생은 화면 하나를 띄웠다.

"이것은 지난주 강남 경찰서를 압수 수색하던 중 발견한 자료입니다."

화면에 나온 것은 CCTV기록이었다.

수십개의 화면들. 날짜는 모두 달랐지만 그곳엔 모두 신종호의 얼굴이 찍혀있었다.

그리고 그 화면 밑에는 그에 상응하는 문서기록들이 매치되어 있었다.

유생은 또렷한 목소리로 말을 이어갔다.

"지난 5년간 신종호가 경찰서에 출석했던 기록입니다. 그동안 그가 연루되었던 범죄는 50건이 넘습니다. 이 중에는 강간뿐만아니라, 절도, 강도도 있었습니다. 심지어는 살인까지도 있습니다."

유생은 자신의 말을 증명할 수 있는 기록들을 차례차례 보여주면서 말을 이어갔다.

"이 수십건의 기록에도 불구하고 신종호는 단 한 번도 재판대에 오른 적은 없습니다. 대부분은 고발조차 되지 않았고, 몇몇은 불기소처분되었습니다."

그때 재판장이 입을 열었다.

"검사는 이 사건과 관련이 없는 것들에 대한 발언은 삼가해 주세요. 여기서 그것들을 다룰 수는 없습니다."

유생은 고개를 끄덕이며 답했다.

"알고 있습니다. 저는 다만 일반적으로 이해할 수 없는 이 기록들을 보면서 피고인의 성향에 대한 의심을 할 뿐입니다. 과연 피고인을 초범으로 볼 수 있는지, 이 자에게 과연 초범으로서의 정상참작을 할 수 있을 것인지를 말입니다."

유생의 말은 무겁게 법정을 갈랐다.

신종호의 과거 기록들은 일반인들에겐 결코 있을 수 없는 것들이었다.

50여건의 강력사건에 연루되었지만 모두 훈방조치된 기록들. 그가 모든 범죄의 범인이었다 단언할 수는 없지만, 뭔가 수상하다는 것은 누구나 눈치챌 수 있었다.

"지금까지 수사를 해 온 검사로서, 저는 피고인 신종호의 범죄성향은 결코 초범의 그것과는 다르다고 결론 내렸습니다. 해서 피고인 신종호를 형법 제301조의 2에서 규정한 강간살인의 죄로 사형에 처할 것을 구형하는 바입니다.

그와 더불어 뇌물을 받고 신종호의 범죄혐의를 조작했던 피고인 이경찬은 형법 155조 1항의 증거인멸과 동법 131조 1항의 수뢰 후 부정처사죄의 경합범으로 징역 5년형을 구형하는 바입니다."

유생의 목소리는 크지 않았지만 강렬하게 법정을 울렸다.

특히 신종호에게 구형한 사형.

비록 97년 이후로 집행되지는 않았지만 사형이란 처벌이 가진 의미는 결코 가볍지 않았다.

용서받지 못할 범죄를 저지른 자에게 내려는 형벌, 사형.

게다가 지금까지 솜방망이 처벌만을 받아온 재벌가의 일원에게 구형했다는 점에서 의미는 더욱 컸다.

유생의 논고를 끝까지 들은 박동수는 맥이 탁 하고 풀렸다.

'작량감경의 여지마저 틀어막다니….'

최후 변론을 위해 피고인 신종호의 반성문까지 준비해 둔 그였다. 거기에 초범인 점을 들어 선처를 구한다면 7년형 정도로 감경을 받을 가능성도 있었다.

허나 유생이 마지막에 제기한 의혹들은 그 반성문마저 무력하게 만들었다.

'완패다.'

박동수는 최대한 선처해 달라는 말로 마무리했다. 피고인 신종호도 눈물을 흘리며 반성한다고 외쳐댔지만 소용없었다.

이미 경찰서 CCTV에 찍힌 그의 일그러진 웃음을 본 이
들은 아무도 신종호를 동정하지 않았다.

– 뻔뻔하군. 저렇게 하고도 용서를 해달라니.
– 그러게… 혼이 났어도 진작에 혼났어야 했는데… 내
가 보기엔 이걸로도 부족해. 여기서 봐 준다고 뉘우칠 놈
이 아니야.
– 그래도 사형은 너무하지 않아? 아직 어리잖아. 기회
를 더 줘도 될 것 같은데….
– 무슨 소리! 일반인이 강간살인을 저지르면 사형 아니
면 무기징역이야. 왜 저 놈을 봐줘야 하는건데?
– 어차피 사형은 집행되지 않을 거야. 무기징역처럼 감
옥에서 몇년 살다가 운이 좋으면 특사같은 걸로 나오겠지.
– 맞아. 사형이든 무기징역이든 같어. 그렇다면 충격이
더한 사형이 낫겠지.
– 진즉 처벌을 받았다면 죄가 이렇게 커지진 않았을 건
데… 하지만 그렇다고 저 녀석이 저지른 죄가 사라지는 건
아니야. 엄하더라도 처벌 받아야해. 돈이 있건 없건 법 앞
에서 모든 이들이 평등하다는 걸 보여줘야 한다고!

동정하는 이들은 극히 적었다.
반대로 신종호가 처벌받아야 하는 이유는 너무나도 많

앞다.

증거조작에 증인 매수. 이번 재판에서만 드러난 사실만도 모두 경악할만한 내용이었다.

지금껏 아버지의 힘으로 각종 범죄 혐의를 피해왔던 신종호.

그는 더이상 동정받아선 안 되었다. 그도 이제 법의 심판을 받아야 했다.

피고인 신종호의 울음소리가 울리는 가운데 재판부는 평의를 시작했다.

당연히 지켜져야 하는 원칙들에 대한 논의들.

지금까지 비정상적인 관행들을 바로잡는 논의들이 이어졌고, 10분 후 판결이 내려졌다.

재판장은 좌중을 돌아보며 입을 열었다.

◇

형사재판에서 유죄의 인정은 법관으로 하여금 합리적인 의심을 할 여지가 없을 정도로 공소사실이 진실한 것이라는 확신을 가지게 하는 증명력을 가진 증거에 의하여야 하므로,

검사의 입증이 이러한 확신을 가지게 하는 정도에 충분히 이르지 못한 경우에는 설령 유죄의 의심이 든다고 하더라도 피고인의 이익으로 판단하여야 한다.

:Legal Mind

본 사건에서는 비록 직접증거들이 모두 사라졌지만 지금까지 제시된 간접증거들과 검사의 입증은 두 피고인의 범죄혐의를 인정하기에 충분하다.

우선 남아있는 증거들로 보아 피고인 신종호가 피해자 한유나를 강간한 사실과 그와 밀접한 시기에 끈으로 목을 졸라 살해한 점은 충분히 인정된다.

피고인이 만취 상태라 기억을 못하고 따라서 범행의 고의가 없었다는 주장은, 현장 사진에서 보이는 남은 술의 양과 잔의 갯수 등으로 미루어 볼 때 당시 피고인이 의사능력을 상실하거나 그에 준할만큼의 상태에 이르렀다고 볼 수 없다.

하여 고의가 부정된다는 변호인의 논지는 이유 없다.

흉기가 끈이었음에도 이를 은폐하기 위해 시신에 자상을 넣는 등으로 증거를 인멸하려 했던 피고인 이경찬의 혐의도 인정된다. 또한 시가 15억 상당에 이르는 그림을 신화그룹으로 부터 받은 사실 역시 인정되고, 피고인 이경찬의 위 증거인멸행위와 뇌물을 받은 것 사이에는 충분한 대가관계가 있었음 역시 어렵지 않게 판단할 수 있다.

따라서 본 재판부는 재판관 3인의 일치된 의견으로 피고인 신종호에 대해서는 무기징역, 피고인 이경찬에 대해서는 징역 4년형을 선고하는 바이다.

◇

[본 재판부는 재판관 3인의 일치된 의견으로 피고인 신종호에 대해서는 무기징역, 피고인 이경찬에 대해서는 징역 4년형을 선고하는 바이다.]

재판장이 판결문 낭독을 마치자 노트에 뭔가를 적고 있던 한 남자가 믿기지 않는 표정으로 고개를 쳐 들었다.

'뭐라고?'

조간일보 기자 김호.

네 시간여에 걸친 긴 재판을 모두 방청한 그는 믿기지 않는 판결 내용에 경악했다.

실형, 그것도 무기징역과 4년의 징역이라는 중형이 선고된 유죄판결.

허나 그것은 단지 두 명의 피고인에 대한 유죄판결만을 뜻하는 것이 아니었다.

'이것은 선전포고야. 이제 누구든 재판에 간섭하는 것을 용납하지 않겠다는….'

10년차 경력의 기자에겐 판결문에 깔려있는 생각들이 훤히 보였다.

돈으로 재판을 사 왔던 재벌들과 인맥을 동원해 재판을 방패막이로 활용해 온 사법부와 검찰의 내부인사들.

　판결문에는 이들과 더이상은 타협하지 않겠다는 의지가 강하게 깔려있었다.

　마치 그런 김호의 생각을 대변하기라도 하듯 재판장이 법정의 모두를 보며 입을 열었다.

　"이번 재판을 생중계로 보고 싶어하시는 국민 여러분의 뜻은 잘 알았습니다. 우리 사법부는 그 어떤 성역 없는 공정한 재판을 할 것입니다. 이제 법정에서 돈이나 권력으로 정의를 움직이는 일은 없을 것입니다."

　공정한 재판을 하겠다는 사법부의 선언.

　지극히 당연한 말이었지만 과거를 돌이켜 보면 결코 가볍지 않았다.

　60년여의 민주주의 역사.

　그동안 비록 소수이긴 했지만 돈과 권력에 의해 왜곡되었던 판결들은 분명하게 있었고, 그것들은 이제 관행이 되어 지금까지 이어져 내려왔다.

　'전부 숨기고 싶어했겠지만, 누군가는 알고 있어. 그렇게 당한 이들이 소수라 하더라도 그들의 억울함은 결코 사라지지 않으니까.'

사회부 기자 김호는 지금까지 억울한 판결들로 눈물 흘렸던 이들의 모습을 대부분 기억하고 있었다.

단지 가해자나 피해자가 재벌과 권력자, 사법부 혹은 검찰 소속이라는 이유만으로 왜곡된 재판들.

이에 반대하는 수많은 이들이 이의를 제기해 왔다. 누군가는 다큐멘터리를 찍었고, 누군가는 영화를 만들었다. 그리고 누군가는 홀로 1인 시위를 하며 눈물을 흘렸다.

허나 지금까지 그렇게 바뀐 것은 아무것도 없었다.

'언제나 이슈가 될 때만 반짝하고 사라졌으니까. 하지만 이번엔 달라.'

방금 전 재판장의 선언은 의미가 달랐다.

사상초유의 TV로 생중계가 되는 중 한 선언이었으니. 그것은 재판을 지켜보고 있는 모든 국민들에게 한 약속과 다름 없었다.

그렇게 느낀 것은 유독 김호 뿐만이 아니었다.

법정에 있는 모든 이들의 마음 속에서 뜨거운 뭔가가 꿈틀거렸다. 그들은 모두 일어나 퇴장하는 판사들에게 박수를 보냈다.

판사들이 모두 퇴장한 후에도 방청객들의 박수는 끊이지 않았다. 그들은 지금의 이 상황이 실감나지 않았다.

- 정말 이긴 거야? 믿기지가 않아.

- 항소심에 올라가서 뒤집히진 않을까? 설마 그냥 이대로 끝나겠어?

- 방금 재판장의 말은 그렇게 되지 않을 거라는 선언과도 같은 것이었어. 그리고 특별법상 이번 재판의 생중계는 판결이 확정될 때까지야. 아마 뒤집히는 일은 없을 거야.

- 헐… 그럼 저 신화그룹 회장 아들내미는 무기징역인 거네? 평생을 감옥에서 썩게 되는 거라고.

- 모범수가 되면 20년 정도만 채우고 가석방 될 수도 있겠지. 아니면 그 전에 정치권에 손을 써서 감형 받을 수도 있고. 하지만 감형된다고 해도 그건 중요한 게 아니야.

중요한 것은 재벌이 법정에서 다른 이들과 똑같이 재판받고 처벌받았다는 것.

이후에 그들이 영향력을 발휘하는 것은 막을 수 없겠지만, 적어도 법정에서만큼은 그런 것이 통하지 않는다는 것은 분명하게 알았을 터였다.

그때 처절한 외침이 법정을 울렸다.

"싫어! 싫다고! 변호사 불러! 내 담당 변호사 장태현을 불러와!"

신종호의 발악.

그는 몸부림 치면서 사법경찰관들에게 끌려나갔고, 이

경찬도 고개를 숙인채 끌려나갔다.

그 모습은 법정에 모인 이들의 눈살을 찌푸리게 만들었다.

"쯧쯧, 아직도 정신 못차리는구만."

"감옥에서 철 좀 들어야겠어."

"사형이 떨어지지 않은 것만도 고맙게 여겨야지, 저렇게 뻔뻔스러워서야 원."

대부분 못마땅하게 쏘아보는 가운데 눈물을 머금고 지켜보는 이도 있었다.

마동석은 그의 옆에 앉아 눈물을 주르르 흘리고 있는 노인의 눈물을 닦아주며 말했다.

"울지 마세요, 아저씨. 이제 다 끝났잖아요. 아드님을 죽인 놈은 이제 벌을 받을 거에요. 평생 감옥에서 썩을 거라구요."

마동석의 말에 노인은 천천히 고개를 끄덕였다.

그는 성심 고시원의 주인, 이석인이었다. 신종호가 나가고 더이상 보이지 않자 그는 죽은 아들 이상영의 사진을 내려다보며 입을 열었다.

"그래. 니 말이 맞다. 이제 내 아들 죽인 놈도 천벌을 받겠지. 다행이다. 다행이야."

연거푸 다행이라는 말을 중얼거리는 이석인은 근 몇달 새 많이 변해 있었다.

눈에는 총기가 사라졌고, 머리는 모두 새어 백발이 되었다. 눈가와 이마의 주름도 늘어 유생이 총무생활을 하던 당시와는 많이 달라져 있었다.

그가 아들 사진을 보며 눈물 짓고 있을 때 마동석의 목소리가 들려왔다.

"아, 저기 신 검사님이 일어나시네요. 저 인사좀 하고 올께요."

이석인은 달려나가는 마동석을 바라보았다.

수많은 사람들을 비집고 들어가 유생에게 인사하는 마동석. 이석인은 그 둘의 모습을 깊은 눈으로 바라보고 있었다.

신종호와 이경찬이 밖으로 나간 뒤, 법정은 취재진들의 활약으로 다시 어수선해졌다.

그들은 모두 이번 판결을 처음부터 끝까지 맡아 승리를 이끌어낸 검사 유생과 인터뷰를 시도했다.

"검사님! 이번 판결, 처음부터 이길 자신은 있었습니까?"

"증거가 사라졌음에도 날카로운 변론으로 승리를 이끌어 내셨는데요, 그 비결이 뭔가요?"

"이번 판결의 의미에 대해서 검사님은 어떻게 생각하십니까?"

"증거가 사라진 것 말고도 검찰 내부에서 압력을 받았다는 소문도 있는데, 그게 사실인가요?"

갑작스럽게 쏟아지는 질문들.

서로 앞다퉈 질문을 하는 통에 유생은 제대로 대답할 수 없었다. 그때 차영욱이 나서서 정리를 했다.

"자자, 진정들 하세요. 신 검사님은 다음 업무 때문에 그 질문들에 대해서 일일이 답할 수가 없습니다. 가장 중요하다고 생각하는 질문 딱 하나만 하세요."

예전 대구에 있었을때 인터뷰 공세를 받아본 적이 있었던 탓인지 차영욱은 제법 기자들을 다룰 줄 알았다.

각기 다른 방송국과 신문사에서 나온 기자들은 잠시 서로 이야기를 나누며 합의를 보았다.

잠시 후 그들 중 한 명이 나섰다.

조간일보 사회부 기자 김호. 그가 마이크를 내밀며 물었다.

"그럼 하나만 질문 드릴께요. 오늘 재판은 이렇게 승리할 수 있었습니다만 아직 판결이 확정된 것은 아닙니다. 항소나 상고가 될 가능성도 분명히 있을텐데요, 검사님께서는 항소심이나 상고심에서도 실형이 내려진 이번 판결이 계속 유지될 수 있다고 보십니까?"

김호의 질문은 여러가지를 내포한 것이었다.

비록 이번 재판에서 실형을 받아내긴 했지만 3심제를 취하고 있는 우리나라 법제에서는 판결이 확정된 것은 아니다.

만약 고등법원에 항소하거나 이후 대법원에 상고가 될 경우 유생이 담당하던 사건은 고등검찰 혹은 대검으로 이송될 터.

'항소하는 순간 필연적으로 사건은 내 손을 떠나게 되지.'

지금까지 재판을 이끌어온 유생의 능력을 보아온 이들에게 담당이 다른 검사로 변경된다는 것은 판결이 뒤집힐 수도 있다는 것을 의미했다.

질문의 진짜 의미를 파악한 유생은 빙긋 웃으며 답했다.

"이번 재판에서 이길 수 있었던 것은 제가 잘해서 그런 것이 아닙니다."

"하지만 검사님께서 재판에서 보여준 모습은 정말 인상적이었습니다. 저는 지금까지 법정에 취재 와서 증거도 없이 그같은 변론으로 이기는 분들은 거의 본 적이 없어요."

"맞아요. 저도 그렇게 생각해요. 만약 이 사건이 검사님 손을 떠나면 분명히 뒤집힐 수도 있을 거라구요."

기자들의 반론에 유생은 고개를 저었다. 유생은 좀 더

또렷한 목소리로 말을 이었다.

"법이 가리키는 방향은 하나입니다. 그리고 대한민국 검사들은 모두 그 방향이 무엇인지 잘 알고 있습니다.

이번 사건. 가해자가 재벌이고, 현직 검사였다는 점 때문에 힘든 일도 있었던 것은 사실입니다. 하지만 결국 여기까지 와서 이길 수 있었던 것은 국민들의 관심 덕분이었습니다. 그리고 그렇게 될 수 있었던 것은 언론의 힘이 컸다고 생각합니다."

유생은 진심이었다.

전관 변호사 이기범이 개입할 때부터 위기는 시작되었다.

증거가 사라지고, 증인이 말을 번복하던 첫번째 공판. 그럼에도 지금 이 순간 승리할 수 있었던 것은 재판이 TV로 생중계되어 모든 이들이 지켜보고 있었던 탓이다.

유생은 기자들을 돌아보며 마무리했다.

"여러분들이 관심을 가지고 지켜보는 한 국민들의 관심역시 식지 않을 것입니다. 그리고 국민 모두가 계속해서 지켜본다면 이번 판결은 결코 뒤집히는 일은 없을 것입니다. 앞으로도 여러분의 많은 관심 부탁드리겠습니다."

답을 마친 유생은 차영욱과 함께 법정을 빠져나왔다.

장장 네 시간. 길고 힘들었던 재판이 끝났지만 일이 모두 끝난 것은 아니었다.

:Legal Mind

사무실에서 그를 기다리고 있는 사건은 아직 산더미처럼 쌓여있었다.

'이제 한 건을 해결했을 뿐이야.'

재벌2세에게는 무기징역, 검사에겐 징역4년형이 선고된 강남나이트 사건.

역사에 남을 재판이라 많은 이들이 떠들었지만 유생에겐 수많은 사건들 중 하나 였을 뿐이었다.

◇

서울 야경이 내려다 보이는 어두운 방안.

벽에 걸린 40인치 TV에서는 그날 있었던 재판 소식을 끊임없이 반복해서 떠들어 대고 있었다.

- 신화그룹 회장 신동철의 아들 신종호가 강간살인 혐의로 무기징역형을 선고받았습니다. 재벌2세의 실형은 지금까지 없었던 만큼 신종호 측의 항소 여부가 주목되고 있습니다.

이번 재판은 3일 전 통과전 특별법에 의해 TV로 생중계되어 국민들의 많은 관심을 받았습니다. 특히 담당 검사로 알려진 신유생 검사의 변론에 대해서….

팟!

누군가가 TV를 끄자 방안은 완전한 어둠에 휩싸였다.

창가에서 흘러들어오는 야경 불빛에 방 내부는 희미한 실루엣만이 일렁거렸다.

그 속에서 중년 남성의 목소리가 들려왔다.

"이 사건으로 신유생 검사는 국민적인 스타가 되었습니다. 그의 변론을 통해 법정에서 진실이 드러나는 모습이 적나라하게 공개되었으니까요."

"그건 나도 봤네."

탁한 노인의 목소리.

그는 가볍게 기침을 하고는 말을 이었다.

"아주 인상적인 변론이었어. 증거가 사라졌는데도 거기서 진실을 밝혀내다니…."

어둠 속에서 그림자가 스르륵 움직였다.

그림자 창가에 이르자 그 모습이 아련히 드러났다.

휠체어에 탄 노신사.

그는 코스트너였다. 코스트너는 창밖을 내려다보며 말을 이었다.

"아주 잘했어. 이 정도라면 결코 가볍지만은 않은 빚이라고 할 수 있겠어."

그의 뒤에서 조심스러운 목소리가 들려왔다.

:Legal Mind

"그러면 바로 교섭을 할까요?"

노인은 침묵했다. 창밖에서 붉은 잔상을 남기며 지나가는 차들을 지켜보다가 다시 입을 열었다.

"아니. 그것으론 부족해. 결코 거절할 수 없는 부탁을 하려면 좀 더 무거운 빚이 필요할 거야."

좀 더 무거운 빚.

그것이 무엇을 뜻하는지 남자는 알 수 없었다.

"그, 그게 무슨 뜻입니까?"

코스트너가 그를 돌아보았고, 빙긋 웃으며 입을 열었다.

"그가 원하는 게 있을 거네. 그러니까 개인적으로 아주 강렬하게 원하는 것 말이네."

"아!"

"왜? 마음에 짚이는 거라도 있나?"

코스트너의 물음에 남자가 고개를 끄덕이며 대답했다.

"일전에 어떤 자를 만나 들은 적이 있습니다. 신 검사가 진짜로 원하는 게 무엇인지를요."

"그게 무엇인가?"

"그건…."

남자는 자신이 들은 바를 이야기 했다. 이를 들은 코스트너의 입가엔 미소가 걸렸다.

"좋군. 그대로 실행하게."

허나 남자는 걱정스러운 목소리로 말했다.

"허나…. 괜찮으시겠습니까? 여기는 한국입니다. 자칫 꼬리라도 밟힌다면… 계획에 차질이 생길수도 있습니다."

"그건 걱정말게. 어차피 이곳의 룰도 같으니까. 모든 이들은 돈으로 움직이게 되어 있네. 특히 이런 자본주의 국가에서 요직에 앉아 있는 이들은 틀리는 법이 없지. 클클클…."

"네, 알겠습니다."

남자는 코스트너에게 한번 부복하고는 일어섰다.

그는 소리없는 발걸음으로 움직였다. 그가 방문을 열자 복도의 환한 빛이 내부로 스며들었다.

"빈틈없이 처리하게."

"네."

짧게 대답한 남자는 복도로 나갔다.

환한 빛에 모습을 드러낸 남자. 그는 TKBC의 총괄피디 김경환이었다.

제 28 장
: 풀려난 악마

NEO MODERN FATASY STORY & ADVENTURE

변호사

제 28 장
: 풀려난 악마

변호사

서울 구치소, 가동 2층.

초겨울의 시린 바람이 복도를 한차례 누비고 지나가자 후웅 하는 소리가 뒤를 따랐다.

울음인지 흐느낌인지 알 수 없는 소리.

사람의 것인지 귀신의 것인지 알 수 없는 그 소리 뒤에 누군가의 목소리가 처절하게 울려 퍼졌다.

"싫어----!"

목소리의 주인공은 눈을 부릅뜨고 있는 청년이었다.

그는 죽일듯한 눈빛으로 상대를 노려보았다. 허나 그의

:Legal Mind

앞에 서 있는 상대는 그런 눈빛이 통할 만한 자들이 아니었다.

짙은 남색 제복을 입은 세 명의 남자들은 모두 구치소를 관리하는 교도관이었다.

청년이 거세게 반항하자 가장 나이가 많은 듯한 중년의 교도관이 부드러운 말로 달랬다.

"이봐, 3567번. 좋은 말 할 때 나와. 계속 그러고 있으면 우리도 어쩔 수 없다구."

"싫어! 싫다고! 난 안 나갈 거야!"

"나도 그렇게 해주고 싶은데 어쩔 수 없어. 판결이 확정되었으니 이제 방을 옮겨야 해. 그만 하고 같이 가자."

"거, 거긴 진짜 감옥이잖아! 가기 싫어! 거기서 평생 썩기는 싫다고!"

교도관은 최대한 좋은 말로 타일렀지만 소용없었다. 겁에 질려 악에 받친 청년은 더욱 거세게 반발할 뿐이었다.

몇 번 더 실갱이를 벌이던 교도관은 한숨을 푸욱 내쉬었다.

"에휴. 그러면 어쩔 수 없지."

그는 뒤에 있는 교도관들에게 눈짓했다. 그러자 그 중한 명이 작은 소형 캠코더를 꺼내들고는 방 안을 찍기 시작했다.

동시에 중년의 교도관은 자못 엄한 목소리로 다시 입을 열었다.

"자, 3567번. 그러지 말고 어서 나오세요. 형이 확정되었기 때문에 오늘부로 교도소로 이송 수감됩니다. 교도소라고 해도 바로 옆동이에요."

아까와 달라진 것이 있다면 경어를 썼다는 것.

허나 캠코더를 들이밀고 경어를 사용한다해서 청년의 태도가 바뀔리 없었다.

"싫다고 몇 번을 말해! 난 안 나갈 거니까 썩 꺼져버려!"

청년은 더욱 거세게 대들었다. 그에겐 주변에 있는 다른 미결수들은 보이지 않는 듯 했다.

그동안 한 방에서 함께 지내던 미결수들. 그들은 그에게 어서 말을 들으라고, 그래봤자 소용없다고 수없이 눈치를 보냈지만 청년은 아랑곳하지 않았다.

"난 절대로 여기서 안 나갈 거야!"

청년은 벽에 등을 붙이고는 몸에 잔뜩 힘을 주었다. 그의 눈빛에는 자리를 지키고자 하는 간절함이 내비쳤다.

"그래봤자 소용없어요. 어서 나오세요, 이게 마지막 경고입니다."

두어번 더 경고를 주던 교도관은 상대가 더이상 말이 통하지 않자 고개를 설레설레 저었다.

:Legal Mind

한숨을 푹 내쉰 그는 착잡한 표정이 되어 입을 열었다.

"지금 3567번은 교도관의 정당한 집무집행행위를 방해하고 있습니다. 이는 명백히 형집행법(형의 집행 및 수용자의 처우에 관한 법률) 제100조에 위반되는 것으로 해당 법규에 따라 본 교도관은 강제력을 행사하겠습니다."

교도관의 말이 떨어지자 지금까지 잠자코 뒤에 서 있던 이가 나섰다.

유난히 몸집이 크고 험악하게 생긴 교도관. 그는 봉을 꺼내들고는 방 안으로 들어갔다.

"뭐, 뭘하려는 거야…."

교도관은 말하지 않았다. 대신 자신이 무얼하려는지 몸소 보여주었다.

퍼억 퍼억….

묵직한 소리가 방안을 가득 채웠다. 봉은 청년의 몸 이곳저곳을 사정없이 강타했다.

"커억! 하악!"

극심한 고통에 청년은 비명조차 지르지 못했다.

몸을 비틀어 피하려 했지만 아무 소용없었다. 두평 남짓한 작은 방에는 그가 도망갈 곳이란 없었다.

결국 그는 교도관의 자리를 부여잡으며 사정하기 시작

했다.

"그, 그만! 제, 제발…! 나, 나갈께요…."

단 3분만에 일어난 극적인 변화.

교도관은 피식 한번 웃고는 수갑을 채우고 방 밖으로 데리고 나갔다.

고개를 숙인채 교도관에게 끌려나가는 청년의 얼굴은 눈물로 범벅이 되어 있었다.

그는 무기징역이 확정된 신종호였다.

◇

수번 3546번 신일평은 신종호를 끌고 나가는 교도관들을 보며 몸을 부르르 떨었다.

"헐… 무섭구만…."

방금 전까지만 해도 같은 방에서 함께 생활하던 이가 끌려나가는 모습은 처참하기 그지 없었다.

옆에 있던 미결수들도 눈살을 찌푸리며 동의했다.

"그러게…. 엄청 살벌하네."

"저 굵은 몽둥이로 저렇게 때리다니…."

"난 저걸로 맞는 거 처음 봤어."

"그짓말 허고 자빠졌네. 너 5년 전에 여기 한번 와 봤다며?"

187

:Legal Mind

"어허. 그짓말 아녀. 교도소에 가서도 저렇게까지 때리진 않는당께."

극구 부인하는 동료의 말에 신일평도 고개를 끄덕였다.

"그 말은 맞어. 나도 저렇게까지 맞는 건 처음 봐."

신일평 역시도 3년전 징역살이를 해봤기에 이곳 분위기에 대해선 잘 알고 있었다.

'웬만하면 저렇게 패고 때리진 못하지. 특히 요즘같은 시대엔.'

수형자들의 처우에 대한 수많은 항변과 소송들.

결국 그것으로 인해 구치소 및 교도소안의 수형자들에 대한 처우는 많이 바뀌었다.

'명백한 증거가 없으면 강제력을 쓰지 못해. 그래서 아까 캠코더를 꺼내서 촬영한 것이고.'

수차례 경어로 경고한 것도 모두 엄격해진 규정 때문이었다. 그럼에도 불구하고 맞은 것은 신종호의 잘못이 컸다.

"여튼, 다들 조심해. 괜히 반항해서 저렇게 맞지 말고. 말만 잘 들으면 맞을 일 없으니까."

신일평의 말에 모두들 고개를 끄덕였다.

"하긴…."

"저 녀석 좀 오바하긴 했어."

"그니까, 내 말이. 여기건 저기건 똑같은 감옥인데 뭘 그렇게 안나가려고 발악인지 몰라."

"그러게. 난 차라리 징역이 나은 것 같던데. 여긴 너무 심심하잖아."

그들로서는 신종호를 이해할 수 없었다.

마동석이 나간 후 들어온 신종호.

1개월 남짓한 기간동안 같은 방에 있었지만 서로 대화를 해 본 적도 없었다. 그랬기에 그가 무슨 죄명으로 들어왔는지, 어디 출신인지도 알지 못했다.

방장 역할을 해 왔던 신일평도 그런 점이 궁금하긴 했다.

"어디서 온 놈인지 몰라도 이상한 놈이었어. 뭣 때문에 들어왔는지 말도 안하고."

이상하게 느낀 건 그만이 아닌 듯했다. 여기저기서 그의 말에 동의하는 소리가 들려왔다.

"그러고보니 그 놈, 생각해 보면 참 희한해. 사실 그 녀석, 여기서 제일 편하게 지냈잖아."

"맞아. 매일 면회실에서 죽치고 놀다오던데. 가끔은 먹다 남은 피자도 가져다 주고."

"그노무 끝도 없는 면회. 아침에 나가면 잘 때 들어와요."

"맞아 맞아. 난 그 녀석 얼굴, 기억도 안 나. 맨날 밤에 오니까 볼 일이 있어야지."

189

:Legal Mind

그들이 신종호에 대해서 기억하는 것은 면회였다.

시간과 횟수 제한없이 이어지는 무한 면회.

그것은 운동시간이 하루 30분으로 제한된 이곳에선 가장 부러운 것이었다.

"하루종일 면회라니… 다른 건 몰라도 그건 정말 부럽던데."

"근데 그건 어떻게 하는 걸까? 보통 면회는 끽해야 10분이잖아."

"거기다가 면회 때 음식물 같은 건 받아오지 못한다고."

생각해보면 이상한 일이었다.

일반적으로 면회는 제한 시간 10분에 유리벽을 사이에 두고 진행한다. 허나 그들이 기억하는 신종호에겐 그런 제한이 없는 것 같았다.

아침에 나가서 밤 늦게 들어오는데다, 가끔은 피자나 치킨같은 먹다 남은 음식도 들고 온다.

"거참. 신기해. 돈을 주면 그렇게 할 수 있는 건가?"

한 녀석의 물음에 신일평이 빙긋 웃으며 답했다.

"그거 면회가 아니라 변호인 접견이야."

"변호인 접견?"

모두가 모르겠다는 표정을 짓자 신일평이 말을 이었다.

"무식한 놈들. 너희들 기억 안나냐? 변호사 만나러 가면 면회실 통으로 주잖아."

그제서야 누군가가 알겠다는 듯 손뼉을 쳤다.

"아, 맞다. 변호사 만나러 가면 칸막이 없는 데서 볼 수 있었지!"

"그러고보니 그땐 간수들도 방에 못들어왔던 거 같으네."

"아하… 그래서 먹을 것을 챙겨서 오기도 했구나."

대부분 고개를 끄덕였으나 구석에 앉은 한 명은 아직 모르겠다는 듯 갸웃거리며 물었다.

"그렇긴 한데 그게 가능해? 어떻게 변호사가 아침부터 밤까지 있어줘? 대부분 할 말 하고 들을 말 들으면 바로 가버리잖아."

그들이 기억하는 변호사들은 대부분 그랬다. 소송서류를 작성하는데 필요한 것들만 질문하고는 바로 가버리곤 했으니.

그런 변호사가 하루종일, 그것도 매일 빠짐없이 접견을 온다는 것은 분명 신기한 일이었다.

그때 신일평이 입을 열었다.

"그거야 간단하지."

모두가 초롱초롱한 눈빛으로 주목하는 가운데 신일평은 씨익 웃으며 답했다.

"돈을 많아 주면 돼."

그의 말에 모두들 한숨을 푸욱 내쉬었다.

:Legal Mind

"헐. 어디가나 돈이군."

"감옥까지 와서도 돈 없으면 춥고 조그만데서 굴러야 하고, 돈 있으면 변호사 불러다가 면회실에서 맛있는 것도 먹고 하는구먼."

쓸쓸한 이야기였다.

사실 변호인 접견이 횟수나 시간제한 없이 인정된 것은 헌법상 보장된 권리이기 때문이다.

허나 일부 재벌들이 이를 개인적인 시간을 보내기 위해 활용하면서 이같은 일들이 벌어졌던 것.

신일평은 쓰게 웃으며 입을 열었다.

"모르긴 몰라도 신종호 그놈. 엄청 부잣집 자식일 거야."

"그럼 대충 알겠구만. 아까 왜 그렇게 발버둥 쳤는지."

"하긴, 그런 부잣집 도련님이라면 징역살이하는 게 엄청 싫었겠지."

"거기다 앞으로는 변호사도 못 들어올 테니까. 완전 지옥같겠지."

그들은 이제 신종호가 그토록 발버둥 친 이유를 알 것 같았다.

거의 한달동안 매일 아침부터 저녁까지 변호사를 부를 수 있을만한 재력가의 아들이라면 이런 험한 생활은 악몽이었을 터.

그런 그가 교도소 이감을 거부하는 것은 어찌보면 당연

한 일이었다.

"여튼, 그놈 고생길이 훤하네. 뭔 죄를 지었는지는 모르 겠지만 그런 도련님이라면 여기선 힘들 거야."

모두가 고개를 끄덕일 때 누군가가 불쑥 물었다.

"그나저나 두목. 동팔이는 어디…."

"쉬잇!"

신일평은 눈을 부릅뜨며 낮은 목소리로 말했다.

"두목이라고 하지 말랬잖아. 누가 들으면 어떻게 해?"

신일평의 눈빛은 날이 서 있었다.

그들의 혐의는 상습 대마 거래죄. 한달 전 검사 신유생 의 수사로 잡혀들어온 이들이었다.

이들은 분명 마약사범이고, 이 경우 공범들은 구치소에 서 따로따로 분리수용하는 것이 원칙이었다.

'분리수용되면 재판에서 엄청나게 불리하다고.'

분리수용시키는 것은 서로 소통하는 것을 금지시키기 위함이다.

공범들 사이에 의사소통이 사라지면 거짓말이 들통나는 것은 시간문제.

서로 무슨 이야기를 했는지 알지 못하기 때문에 법정에 서 말을 맞출 수 조차 없다.

"동팔이가 힘써서 간신히 한 곳에 모인 거 잊었어? 다른 간수가 이걸 알면 뿔뿔이 흩어지고 말 거라고."

:Legal Mind

신일평은 몇 번이고 다시 주의를 주었다.

공범들이 한 방에 있는 것만으로도 재판을 유리하게 설계할 수 있다.

동료 동팔이의 수완으로 얻은 천금 같은 기회를 어처구니없는 실수로 날릴 수는 없었다.

"다들 긴장을 풀지 마. 내일 재판이 끝날 때까지는 끝난 게 아니니까."

"네."

"알았어요."

모두를 고개를 끄덕일 때였다. 문이 철컹 열리면서 누군가가 들어왔다.

보통 키에 깨끗한 피부의 남자.

그를 본 신일평이 환하게 웃으면서 반겼다.

"동팔아! 다녀왔냐?"

"네, 형님."

동팔이 시원하게 웃으며 그의 앞에 앉았다. 간수가 멀어지는 것을 확인한 뒤 신일평은 부푼 가슴으로 물었다.

"변호사가 뭐래? 내일 재판 이길 수 있대?"

"이기긴 어떻게 이겨요. 검찰에서 가져간 증거 얼만데…."

"야, 그 얘기가 아니잖아. 그거 있잖아, 그거. 1년 형…."

"아~ 그거요?"

동팔이는 씨익 한번 웃고는 대답했다.

"충분히 가능하대요."

그래도 걱정이 되는지 신일평은 중요한 사항을 재차 물었다.

"우리 상황 다 얘기해 준거 맞지? 그거 다 듣고도 가능하다고 한거지?"

"물론이죠. 제가 지금까지 있었던 일 다 이야기해 줬어요."

"그래도 1년 형 가능하대?"

"그렇다는데요?"

동팔이의 대답에 그의 말에 모두들 환호성을 질렀다.

"우와! 이제 조금만 버티면 되겠구나."

"다행이다, 다행이야."

"재판도 내일이라니까 진짜 얼마 안남았네."

신일평도 주먹을 불끈 쥐었다.

전과가 있는데다 장부까지 압수당한 탓에 최소 5년이상은 생각하고 있던 그였다.

그런 그에게 동팔이의 말은 어둠속에서 스며들어온 한 줄기 빛과도 같았다.

"동팔아, 너밖에 없다."

"뭘요."

동팔이가 별것 아니라는 듯 으쓱이자 옆에서 물었다.

:Legal Mind

"동팔아, 넌 어디서 그렇게 유능한 변호사를 만난거야?"

동팔이는 대답대신 웃었다.

그때 왜 그가 그렇게 환하게 웃는지는 아직까지는 아무도 몰랐다.

◇

다음날 공판.

신일평은 눈을 크게 치뜨고 법정을 바라보았다.

'뭐라는 거야 저 녀석…'

믿고 있었던 동료의 증언. 그것은 전날 그와 함께 짠 이야기와는 전혀 달랐다.

"저는 전부 다 신일평이 시키는 대로 했을 뿐입니다. 그 박스 안에 대마가 들었는지도 몰랐어요. 그냥 옮기라고 해서 옮겼을 뿐이라구요."

그 뿐만이 아니었다. 차례로 증인으로 나온 다른 동료들 역시 그와 입을 맞췄다.

"지는 이게 마약 뭐시긴지도 몰랐당께요. 물건만 나르면 된다기에 그렇게 했구만요. 그러고 나선 돈만 받았습니다요."

"박스를 열어본 적도 없습니다. 그 안에 뭐가 들었는지는 두목… 그러니까 신일평만 확인했어요."

"고객이요? 이게 누군가에게 팔리는 물건이었나요? 저는 그런 것도 몰랐습니다. 그냥 배달물품이라고만 생각 했어요. 상자에는 다 송장이 붙어있었으니까요."

"그 날 신일평과 함께 있었던 것은 월급날이라기에… 그러니까… 월급은 현금으로만 받았거든요. 여튼 그래서 거기 있었던 겁니다. 일은 했으니 돈은 받아야 하잖아 요."

증인으로 나선 동료들은 모두 한 목소리를 내고 있었다.

대마거래는 두목 신일평이 혼자 한 것이고, 자신들은 전혀 모르고 있었다는 것.

분담한 일들은 단순 배달 업무나 청소 같은 업무였기 때문에 이 일을 기능적으로 분담한 것이 아니라는 것이었다.

신일평은 기가 막혔다.

'이야기가 다르잖아. 어제까지 이야기 한 건 이게 아니 었다고!'

공판 일자가 정해지기까지 2개월.

그동안 변호사와 만나 직접 이야기하기도 했고, 동팔이를 통해서 작전을 전해 듣기도 했다.

'분명히 처음엔 작전대로 되었는데….'

재판 시작 당시에는 분명 변호사의 말대로 진행되었다.

:Legal Mind

- 이번 사건을 수사 했던 신유생 검사는 손을 뗄 겁니다. 대신 김인수 검사가 사건을 이관받을 것이구요. 이것은 우리에겐 아주 좋은 기회입니다.

신유생 검사에 대해선 익히 들은 바가 있었다.

전관 변호사에 재벌2세를 상대로 무기징역을 얻어낸 그야말로 괴물 검사.

그런 그가 이번 사건에서 변론을 맡지 않는다는 것은 다행스런 일이었다.

그것 뿐만이 아니었다.

- 국민참여재판을 신청했습니다. 모든 증거조사가 단 하루에 끝나기 때문에 지금의 우리에겐 아주 유리할 겁니다. 번거롭게 며칠씩 입을 맞출 일은 없을테니까요. 그러니 염려 놓으세요. 내일은 시키는 대로만 하면 될 겁니다.

변호사의 안배는 치밀해 보였다.

사건을 신유생에게서 이관시킨 후 바로 국민참여재판으로 몰아가는 그의 수완은 법에 문외한인 신일평이 보기에도 훌륭하게 느껴졌다.

'동료들을 한 방에 몰아준 것 조차도 대단한 일이었어. 그 덕분에 이렇게 작전까지 짤 수 있었으니까.'

게다가 사건을 인수받은 김인수 검사는 사건 자체에 큰 관심이 없어 보였다.

사건 개요와 증거조사를 이어 나가는 그의 무미건조한 목소리는 배심원들에게 호소하기엔 많이 부족해 보였다.

'분명히 그랬는데….'

모든 것은 증인 신문이 시작되면서 틀어졌다. 정확히는 신일평 자신의 신문이 끝난 이후부터.

신일평은 미리 모의한대로 검사의 모든 질문에 모른다고 일관했다. 허나 그 이후에 증인대에 오른 동료들이 입을 맞춰 사건의 주모자를 자신으로 몰아가기 시작한 것이다.

'빌어먹을 놈들. 도대체 어떻게 된 거야!'

이런 증언이 이어진다면 자신 혼자 죄를 뒤집어 쓸 게 뻔했다.

참다못한 신일평은 옆에 앉아 있는 동팔이에게 속삭였다.

– 동팔아. 이거 어떻게 되어가는 거냐? 어젠 분명 우리 다 모른다고만 하자고 했잖아?

– 모르겠어요. 저도 분명 그렇게 들었는데…

초조한 얼굴로 고개를 설레설레 젓는 것을 보니 동팔이 역시도 모르는 것 같았다.

:Legal Mind

'동팔이는 아니야. 그렇다면… 변호사가 시켰다는 건가?'

변호사에게 직접 묻고 싶었지만 그럴 수가 없었다. 반대쪽 끝에 앉아있는 탓에 거리가 너무 멀었다.

'젠장할! 뭐라도 이야기를 했어야 하는 게 아냐!'

신일평은 입술을 질끈 깨물었다.

그때 판사의 목소리가 들려왔다.

"최동필씨 증인석으로 나와주세요."

최동필은 동팔이의 본명.

동팔이는 자리에서 일어나 증인석으로 다가갔다. 신일평은 그의 뒷모습을 보며 속으로 외쳤다.

'어제 짠 대로만 하라고. 제발!'

허나 선서를 마친 동팔이의 입에서는 그의 기대와는 전혀 다른 답변이 나왔다.

"모든 것은 신일평이 한 짓입니다. 저는 운전만 했어요."

그 목소리는 지금까지 신일평이 알던 동팔이의 목소리가 아니었다.

유난히 맑고 또렷한 목소리.

그 순간 신일평에게 묘한 위화감이 느껴졌다. 동시에 뭔가가 완전히 잘못되었다는 느낌도 들었다.

"운전사였으면 신일평과 제법 가까운 관계였을 것 같은데요. 신일평이 하는 일에 대해서는 혹시 알고 있었습니까?"

이어지는 검사의 질문에 동팔이는 거침없이 대답했다.

"저는 그가 정확히 무슨 일을 했는지 잘 모릅니다. 하지만 지하 B05호실에 그의 금고가 있는 건 알고 있습니다. 화물이 도착하면 가끔 그곳에 상자 하나를 들고 가서 한참 있다가 나오더라구요. 아마 그 안을 뒤져보시면 단서를 찾을 수 있을지도 모릅니다."

'금고라고?'

신일평의 미간에 주름이 생겼다.

그에겐 분명 금고가 있었지만 B05호실에 숨겨둔 적은 없었기 때문이었다.

'그런게 어디있었다는 거야?'

아주 잠시였지만 그의 머리는 빠르게 돌아갔다. 허나 아무리 떠올려봐도 B05호실에 금고가 있었던 기억은 없었다.

'동팔이 녀석, 도대체 무슨 말을 하는 거지?'

고개를 갸웃거리던 그의 의문은 곧 풀렸다. 검사가 화면 하나를 띄운 것이다.

"혹시 이걸 말씀하시는 겁니까?"

:Legal Mind

법정 앞 화면에는 작은 다이얼 두 개가 달린 회색 금고 사진이 나왔다.

이를 본 동팔이는 고개를 끄덕였다.

"네, 그거요."

검사가 다음 화면을 넘기자 금고문이 활짝 열린 사진이 나타났다. 그 금고 안에는 백색 가루가 담긴 작은 투명 봉지가 꽉 채워져 있었다.

그것이 마약이라는 것쯤은 법정의 누구든 알 수 있었다. 게다가 언뜻봐도 상당한 양이었다.

'마, 말도 안 돼.'

신일평의 입이 벌어졌다.

그는 대마 애호가였다.

담배에 비해 인체에 해가 없고, 환각작용이 뛰어난 대마. 그 효능에 매료되어 10년이 넘도록 대마만을 취급해왔다.

해서 업계에선 그를 대마왕이라 부르기도 했다. 지금까지 단 한 번도 마약에 손댄 적은 없었고, 스스로 그것을 자랑스럽게 여기기까지 했다.

'서, 설마…!'

신일평의 머릿 속에서 그동안 있었던 일들이 주욱 흘러갔다.

징역 1년으로 막을 수 있다던 동팔이의 말과 일주일에

한번씩 변호사와 함께 했던 회의들.

변호사를 접견하고 온 동료들 사이에 흘렀던 묘한 기류.

그리고 방금전 공판에서 터져나온 증언들까지.

이들이 가리키는 것은 하나였다.

'이건 덫이야!'

생각이 거기까지 미치자 신일평은 가만히 있을 수가 없었다. 그의 두 주먹은 분노로 떨리기 시작했다.

'징역 1년형… 이제 알았어. 늬들이 어떤 작전을 짰는지를.'

신일평은 자리에서 일어났다.

"난 아니야."

"피고인, 자리에 앉으세요."

판사가 주의를 주었지만 신일평은 가만있지 않았다. 아니 가만히 있을 수 없었다.

"난 안 했어."

그는 배심원들을 바라보며 더욱 강하게 외쳤다.

"난 아니라고! 전부 다 거짓말이야! 난 대마 밖엔 취급하지 않아! 마약은 안 했어!"

신일평은 몸부림치며 소리쳤고 곧 법정경위들이 그에게 달려들었다.

"이 놈들이 다 짜고 하는거라고! 놔! 놓으란 말이야! 난 아니야!"

203

:Legal Mind

처절한 외침과 함께 한바탕 소란이 이어졌고, 모두는 그 광경을 지켜보았다.

그리고 단 한 명.

증인석에 앉아 있는 동팔이는 그를 보며 희미한 미소를 짓고 있었다.

"쯧쯧… 끝났군."

문진수는 고개를 설레설레 저으며 옆사람의 어깨를 두드렸다.

"동석아, 아무래도 네 감방 친구는 힘들 것 같다."

마동석은 대답하지 못했다.

신일평이 법정에서 끌려나가는 모습에 적잖은 충격을 받았기 때문이었다.

'어째서….'

며칠 전 안부를 물으러 구치소에 면회를 갔을 때는 변호사가 잘 해줄꺼라며 장담했던 신일평이었다.

그때 그는 1억짜리 변호사라 자랑한 뒤, 그 변호사가 징역 1년으로 막아줄 것이니 걱정하지 말라고도 했다.

마동석은 무거운 목소리로 입을 열었다.

"몇 년 정도 나올까요?"

"최소 10년이야. 재수없으면 무기징역까지도 가능하지."

"네?"

마동석의 눈이 동그래졌다. 그는 문진수의 말을 쉽게 믿을 수가 없었다.

"마약류 관리법상 대마 거래는 1년 이상의 징역이잖아요? 상습범 가중이 된다고 해도 3년 이상인데 어떻게 10년이나…."

동석의 말에 진수는 고개를 저으며 대답했다.

"그건 단순거래였을 때 이야기야. 지금 네 감방친구는 항구에서 대마를 들여오다가 걸렸어. 이건 단순 거래가 아니라 수입으로 봐야해.

대마 수입은 기본이 무기 또는 5년형이야. 이걸 영리목적으로 하거나 상습적으로 하면 사형, 무기 또는 10년 이상으로 가중된다고.

또, 아까보니까 증거목록 중에 거래 장부도 있는 것 같던데, 이거면 꼼짝없이 걸렸다고 봐야 해. 반박할 수가 없잖아."

문진수의 지적은 정확했다.

마약류 관리법상 단순 거래와 수출입은 형량에 있어서 차원이 달랐다. 특히 이를 사업으로 하려는 이는 훨씬 엄하게 처벌하고 있었다.

"그것뿐만이 아니야. 방금 전에는 필로폰 소지까지 드러났어. 그것만으로도 법정형은 무기 또는 10년이야."

"그럼 두 죄를 경합범 가중하고 이러면……."

"최소 20년. 이제 바깥공기는 다 마셨다고 봐야지."

20년.

현재 신일평이 40대이니 형을 마칠 때는 60대 노인이 되는 셈이다.

상황은 절망적이었다. 현장에서 적발된 데다가 결정적인 증거는 모두 나왔다.

거기다 증인들의 증언은 일치했고, 그들은 하나같이 신일평이 대마 거래를 주도했고 자신들은 모르는 일이라 말하고 있었다.

"그럼 증인들은요?"

"글쎄….'

동석에 물음에 진수는 잠시 생각하고는 입을 열었다.

"지금까지 증거들을 봐선 증인들이 신일평과 공모했다는 입증은 힘들것 같아."

"하지만 현장에서 같이 있던 것을 체포한 거잖아요. 이것만으로도 공모에 대한 입증은 충분하지 않나요?"

마동석의 물음에 진수는 고개를 저었다.

"아니. 단지 함께 모여 있다고 공모한 것으로 볼 수는 없지. 단지 추정할 수는 있어도.

그리고 그 추정에 대해서 증인들은 분명하게 증언했어. 우리는 모르는 일이라고. 박스 안에 무엇이 들어있는지도 몰랐고, 그저 월급 100만원 정도만 받으면서 단순 배달만 했다고 하잖아. 게다가 일곱 명의 증언이 모두 일치하고 있어.

여기에 대한 반증을 하지 못한다면 아마 공범으로 몰아가긴 힘들꺼야."

"그러면 모두 무죄인 거에요?"

진수는 고개를 한 번 갸웃거리고는 입을 열었다.

"확실치는 않지만 그래. 그리고 이번 공판은 국민참여재판이라 재판이 끝나는 오늘 모두 석방되겠지."

동료들은 모두 무죄 석방. 신일평에 대해선 말하지 않아도 알만했다.

진수는 씁쓸한 표정으로 한숨을 내쉬고는 자리에서 일어섰다.

"가자, 동석아."

어차피 있어봤자 상황이 더 나아질 것 같지는 않았다.

"네."

마동석도 한숨을 푸욱 내쉬고는 자리에서 일어섰다.

발걸음이 떨어지지 않았지만 어쩔 수 없었다. 지금의 그로서는 신일평을 도와줄 수 있는 방법은 전혀 없었다.

:Legal Mind

◇

그날 저녁 서울 구치소.

머리를 짧게 깎은 한 남자가 구치소 정문을 나오고 있었다.

그는 등에 진 두툼한 가방에서 담배갑을 꺼내 한 가치를 입으로 빼물고는 라이터 불을 붙였다.

"후우−"

차가운 초겨울 바람이 그가 내뿜은 긴 담배연기를 이리저리 흩뜨렸다.

2개월만에 마셔보는 바깥 공기.

간만에 폐부를 채운 구수한 담배맛이 아주 달게 느껴졌다.

"이제야 좀 살 것 같군."

담배를 모두 피운 남자는 터덜터덜 큰 길가로 내려갔고, 이제 막 드문드문 켜진 가로등이 남자의 얼굴을 비추었다.

그는 최동필. 구치소 안에선 모두가 동팔이로 불렀던 자였다.

그의 분위기는 사뭇 바뀌어 있었다.

언제나 순진한 웃음을 흘리고 다니던 과거와는 달리 지금은 싸늘하고 굳은 표정이었다.

그는 곧 한 길가에 서 있는 검은색 에쿠스에 올라탔고,

운전석에 앉아있던 자가 그를 반겼다.

"수고 많았네."

진중한 목소리의 남자.

뒷좌석에서 최동필을 기다리고 있던 남자는 그날 공판에서 변호를 맡았던 자였다.

그는 철벽의 변호사 강대철이었다.

◇

철벽의 변호사 강대철.

2007년, 일제강제징용사건에서 '31인의 변호인단'을 대표해 변론을 맡았던 자였다.

한때 국내에서 세 손가락 안에 꼽힐 정도의 실력자였으나 장태현에게 패배한 이후 모습을 감추었다.

4년만에 다시 나타난 그의 인상은 많이 변해 있었다.

단지 이마와 눈가의 주름 때문만은 아니었다.

눈빛과 인상에서 풍기는 분위기.

거기에는 4년 전의 그에게선 찾아볼 수 없었던 짙은 어둠이 스며 있었다.

강대철은 미소를 지으며 입을 열었다.

"이렇게 무사해서 다행이네."

"다 변호사님 덕분이죠."

"혹시 몸 상한데는 없는가?"

"보시다시피 멀쩡 합니다."

최동필은 아무렇지도 않다는 듯 어깨를 으쓱이며 손바닥을 내보였고, 이를 본 강대철은 고개를 끄덕였다.

"정말 다행이군. 운이 좋았어."

"겸손하시긴. 난 지금까지 변호사님의 설계가 어긋나는 걸 본 적이 없습니다."

최동필은 의심하지 않았다.

강대철과 함께 한 지도 벌써 3년.

그동안 다섯 번의 작업이 있었고, 그때마다 강대철은 깔끔하게 마무리 해 주었다.

그가 없었다면 지금까지 조직은 남아나지 않았을 터.

허나 강대철은 고개를 저었다.

"아니. 사건이 이관되지 않았다면 이렇게 쉽게 풀리진 않았을 거네. 그 신유생이란 검사는 여간 내기가 아니거든."

검사 신유생. 그에 대해서는 강대철도 잘 알고 있었다.

변호사 시보 시절, 그가 패배했던 일제강제징용 사건을 뒤집었던 장본인이었으니.

게다가 이번 일이 꼬이기 시작한 건 신유생에게 덜미를 잡혔기 때문이었다.

그에게 아지트를 발각당하지 않았다면 굳이 강대철 자신이 나설 필요도 없었을 터였다.

허나 최동필에게 그런 일들은 중요한 것이 아니었다.

"여튼 사건은 이관되었고, 그래서 지금 내가 여기 있는 거 아니겠습니까?"

"그건 그렇지."

최동필은 화제를 돌렸다.

"그나저나 내 몫은 얼마나 됩니까?"

가장 궁금했던 질문.

지금까지 위험을 무릅쓰고 신일평에게 접근했던 것은 모두 돈을 위해서였다.

10년이 넘도록 배후에서 대마를 유통해 온 '대마왕' 신일평.

그의 국내 대마 점유율은 70%가 넘었다.

'연매출이 어림잡아 100억은 넘었어. 이익률은 최소 50%정도일 테고.'

또한 신일평은 매우 구두쇠였다. 자기 변호사 비용까지 쪼개어 낼 정도로.

그동안 옆에서 지켜봐 온 최동필은 누구보다도 그에 대해 잘 알고 있었다.

'분명 놈이 가진 재산은 많을 거야. 내가 본 것만 해도 몇 백억은 넘었으니까.'

최동필은 내심 기대했다.

적어도 10억정도만 떨어지면 더이상 위험을 무릅쓰고 이런 일을 하지 않아도 되었다.

허나 강대철의 담담한 목소리를 들었을때 그의 기대는 깨지고 말았다.

"5억."

"5억이라…."

"이미 자네 스위스 계좌에 입금해 뒀네."

대철의 말에도 최동필은 씁쓸하게 입맛을 다셨다.

"생각보단 적군요."

"겉은 번드르르 했지만 현금화 시킬 수 있는 건 전부 50억 정도 였네. 나머지는 모두 부동산이더군."

"그럼 그 50억 중에 제 몫이 5억 밖에 안 된다는 겁니까?"

최동필의 목소리가 날카롭게 올라가자 강대철은 차갑게 그를 노려보았다.

"이번 건, 자네 혼자 했다 생각하는가?"

"그, 그건…."

"자네 신분을 세탁하고, 검사에게 로비하고, 간수들에게 돈 먹이고, 신일평의 개인정보를 캐내고…. 자네가 보지 않는 곳에서 일하는 이들이 생각보다 많다는 것을 알아두게."

그런 강대철의 어조에는 감히 반박할 수 없게 만드는 위엄이 서려 있었다.

"치잇!"

최동필은 고개를 돌려 창밖을 바라보았다.

이제 차는 막 터널 속으로 들어가고 있었다. 아무 생각 없이 그것을 지켜보는 그에게 강대철이 은근한 목소리로 물었다.

"이제 그만 둘 생각인가?"

"뭐, 그래야지요. 아니면 다른 건수라도 있습니까?"

"물론."

강대철의 미소가 짙게 일그러졌다. 그는 사진 한장을 내밀었고 이를 본 최동필이 물었다.

"이 자가 누굽니까?"

"장태현이란 변호사네."

"장태현이라…"

이쪽에 문외한인 최동필은 그 이름을 알지 못했다. 그런 그에게 강대철이 덧붙였다.

"한때 불패의 변호사라 불리웠던 자지."

"불패의 변호사라면… 그럼 제법 돈 좀 있겠군요."

"아마 그럴 거네. 그가 한창이던 시절 대성 로펌에서 그의 연봉은 100억원대에 달했으니까. 그리고…"

강대철은 목소리를 낮추며 말을 이었다.

"그에게 2천억대의 숨겨둔 재산이 있다는 정보가 있
네."

"2천억!"

최동필은 숨을 삼켰다. 2천억이란 돈은 그가 상상도 할
수 없었던 금액이었다.

가슴이 뛰기 시작했다.

이번 건은 지금까지 해왔던 어떤 건보다도 규모가 컸다.

'제대로만 된다면 나에게 떨어지는 건…'

"최소 100억. 적어도 그 정도는 자네에게 돌아갈 것이
네."

강대철의 말에 최동필은 다시 숨을 삼킬 수 밖에 없었
다.

100억의 가치는 쉽게 가늠할 수 없었다. 한 가지 확실한
것은 그 돈이 있다면 더이상 일하지 않아도 호화롭게 먹고
살 수 있다는 것.

허나 최동필은 성급하게 결정하지 않았다. 그 정도로 달
콤한 열매에는 분명 위험이 따르기 마련이니.

그는 가장 먼저 걸리는 문제부터 짚었다.

"하지만 불패의 변호사라고 불릴 정도면 실력이 상당할
텐데요. 그러니까 변호사님 실력을 못믿는 건 아닙니다
만…"

강대철은 비릿하게 웃으며 그의 말을 받았다.

"까놓고 말하면 그는 나보다 실력이 나아. 지금까지 난 그 녀석을 이긴 적이 없어. 하지만…."

강대철의 눈이 반짝 하고 빛났다. 그는 어느 때보다도 음험하게 웃으면서 말을 이었다.

"그는 지금 행방불명 상태야. 4년 동안 자신의 집 근처에서 모습을 보인 적이 없어. 게다가 그가 매수해둔 주식도 수년째 동결 상태야. 이미 본전을 너머서 손해를 보고 있는데 말이지. 그 뿐인가? 해외에서건 국내에서건 그를 만난 사람은 아무도 없어. 적어도 내가 조사한 바로는."

강대철의 정보력을 익히 알고 있는 최동필은 그것이 무엇을 의미하는지 알 수 있었다.

"그렇다면…."

"죽었을 가능성이 아주 높아."

그 말을 들은 최동필의 눈이 번쩍 뜨였다.

'놈이 죽었다면….'

일은 훨씬 쉬워질 터.

그들은 지금까지 살아있는 거물들만을 노려 재산을 빼돌리던 조직이었다. 그런 그들이 죽은 자를 상대로 한다면 일은 말 그대로 식은 죽 먹기였다.

게다가 그렇게해서 2천억을 남길 수 있다면 더이상 생각할 필요가 없었다.

'이건 남는 장사야. 안 하면 바보지.'

"어때? 할텐가?"

"당연하죠."

거절할 이유는 어디에도 없었다.

'이것만 되면… 인생 전역이군.'

흐뭇하게 웃고 있는 강대철을 보던 동필의 머릿속에서 문득 생각 하나가 스쳤다.

"그런데 이대로 괜찮습니까? 재판은 아직 끝난게 아닐 텐데요."

"상관없어. 어차피 최동필이란 사람은 일주일 뒤면 이 세상에서 완전히 사라지게 될 테니까."

차는 이제 터널을 나와 도로를 달리기 시작했다.

달빛조차 보이지 않는 어두운 밤하늘 아래에서 그들이 어디로 가는지 알고 있는 이들은 아무도 없었다.

"사라졌다구요?"

"그렇다니까."

태수는 기가 막히다는 표정으로 진수와 유생, 은지를 번갈아 보며 말을 이었다.

"그때 연수원 1년차 때 갔던 명화원 말이야. 거기 진짜 맛있었잖아. 기억 안나?"

"나죠. 중국집 아녜요. 삼각지에 있는."

유생이 끄덕이자 은지도 맞장구를 쳤다.

"저 기억나요. 재작년인가? 유생 오빠랑 같이 먹어 봤던 거 같은데… 뭐였더라… 아! 새우 탕수육이랑 만두! 그게 엄청 맛있는 집 아녜요?"

태수는 박수를 치며 격하게 끄덕였다.

"맞아. 바로 거기야! 지난 주에 용산에 수연이랑 가전제품 보러갔다가 옛날 생각도 나고 해서 들러봤거든. 근데 가게 분위기가 싸악 바뀌었더라고."

태수는 당시 상황을 마치 눈에 그리듯 이야기했다.

예전에 걸려있던 허름한 간판은 사라지고 새 간판으로 단장한 명화원.

긴 줄을 기다려 문 앞에 들어선 순간 태수는 뭔가 이상한 느낌이 들었다.

분명 이곳에 올 때마다 있었던 것이 없었던 것이다.

"이상하게 메뉴판에 찐만두가 없는 거 있지?"

분명 이상한 일이었다.

속이 반쯤은 비어있는 따끈한 찐만두.

그것은 어디에서도 맛볼 수 없는 별미 중의 별미 였다. 듣고 있던 민수연도 참을 수 없다는 표정으로 맞장구 쳤다.

"그것뿐만이 아니었어요. 주인 아주머니께 물어보니까 새우 탕수육도 더이상 주문받지 않는다는 거에요."

217

:Legal Mind

그녀의 말을 듣는 순간 유생과 은지의 머릿 속에 뎅- 하는 소리가 들려왔다. 마치 마른 하늘에서 떨어진 망치에 맞은 느낌.

도저히 믿기지 않는 표정이 된 유생과 은지가 입을 열었다.

"새우 탕수육을 더 이상 팔지 않는다구요?"

"명화원 찐만두도요?"

태수도 분이 아직 가시지 않은 표정으로 입을 열었다. 어느새 그의 이마에는 푸른 핏줄이 툭 불거져 있었다.

"그렇다니까!"

태수의 선언에 모두는 그만 절망하고 말았다.

"세상에…. 이제 그 찐만두를 먹을 수 없다니…."

"아… 새우 탕수육… 그럴 줄 알았으면 그때 더 많이 먹는 건데…."

벌써 2년 전에 먹었던 음식이었지만, 그때의 맛은 아직도 선했다.

당시를 생각하면 입안에 침이 고이기도 했다.

한동안 그들은 정신을 차릴 수가 없었다.

한숨을 푸욱 내쉬고 있는 그들에게 민수연이 말을 이었다.

"그래서 그날 탕수육이랑 짬뽕 하나 시켜서 먹었어요. 맛이 예전과는 조금 다르더라구요."

"원래는 소고기가 들어있던 짬뽕에 오징어만 있더라. 탕수육도 튀기는 방식은 같은데 예전과 미묘하게 맛이 다르고. 그 순간 알 수 있었지. 이게 어떻게 된 일인지."

태수는 눈을 번쩍 빛내며 말을 이었다.

"주방장이 바뀐게 분명해."

태수의 추측은 일리가 있었다. 민수연도 그의 생각에 동의했다.

"저도 그렇게 생각해요. 주방장이 바뀐게 아니라면 그럴리가 없어요."

민수연에 이어 유생과 은지도 고개를 끄덕였다.

"그렇겠네요. 그 정도의 변화가 있었다면…."

"주방장이 바뀌었다고 보는게 맞겠네요."

태수는 한숨을 푸욱 쉬고는 입을 열었다.

"그래서 여기 오자고 한거야."

그는 '쟈니 덤플링 (Jonny Dumpling)'이라 쓰여 있는 간판을 가리켰다.

노란색과 빨간색, 파랑색으로 꾸며진 조잡한 간판.

사실 간판만 봐서는 이곳이 맛집인지는 의심스러웠다.

허나 그들 앞에 이어진 긴 줄은 좀처럼 줄어들 줄 몰랐다. 한참을 기다리던 끝에 궁금해진 은지가 물었다.

219

"여기가 그렇게 맛있어요?"

"물론."

태수는 빙긋 웃으며 말을 이었다.

"여긴 사라진 명화원 만두에 비견될 만큼 특별한 만두를 파는 곳이야."

"특별한 만두?"

"뭐가 그렇게 특별한데요?"

유생과 은지의 질문에 태수는 미소를 지을 뿐이었다.

"이따가 들어가서 먹어보면 안다구."

30분 후.

그들은 가게 안으로 들어갈 수 있었고, 자리에 앉은 후 얼마 지나지 않아 태수가 말하는 '특별한 만두'가 나왔다.

"이건 '반달'이란 만두야. 여기 쟈니 덤플링에서만 맛볼 수 있는 만두지."

태수는 만두 하나를 집어 들며 말을 이었다.

"여기 만두는 만두피가 두꺼워. 그래서 그냥 만두를 시키면 실망하지. 만두피랑 속이랑 따로 노는 느낌이 들거든. 하지만 이 반달 만두는 달라."

그가 만두를 천천히 뒤집자 모두는 그 만두가 왜 특별한지 알 수 있었다.

제 29 장
: 과거의 매듭들

NEO MODERN FATASY STORY & ADVENTURE

변
호
사

윗부분이 노랗게 튀겨져서 나온 반달만두.

언뜻 보기엔 평범한 군만두와 다른 점이 없는 것 같았다.

'뭐가 다르다는 거지?'

태수가 뒤집자 유생의 의문점은 곧 풀렸다.

반달만두의 뒷면은 노릇하게 튀겨진 윗면과는 달리 말끔했다. 태수는 윗면과 뒷면을 번갈아 보여주며 말했다.

"바닥은 굽고 위는 찐 거야. 위엔 바삭하게 튀겨졌지만 밑에는 이렇게 촉촉하다고. 그것뿐만이 아니지."

태수는 빙긋 웃으며 만두를 절반만 잘라내 속을 보여주며 말했다.

"만두 속은 고기와 부추를 다져서 넣었어. 그리고 이건 죽순이야. 이걸 같이 넣고 찌면 말이지, 이렇게 육수국물이 흘러나온다고."

그가 젓가락으로 만두 속을 누르자 주르르 육수가 새어 나왔다. 누군가가 무어라 대답하기도 전에 태수는 만두를 들어 입 속에 집어넣었다.

"음…."

태수는 눈을 감고 맛을 음미했다.

뜨거운 입김을 내며 만두를 먹는 그의 모습에 모두의 입에는 침이 고였다.

참지 못한 민수연이 이어서 만두를 입에 넣었고, 은지도 그 뒤를 따랐다.

지금까지 잠자코 있던 진수도 만두를 집어먹었다.

제각각 입김을 불며 만두를 먹던 그들은 곧 태수와 똑같은 표정이 되어서는 외쳤다.

"우와! 진짜 맛있네요."

"시원한 육즙이 그대로 느껴지는데요?"

"처음엔 바삭한데 씹을수록 고소하고… 아… 표현이 안 되네!"

감탄사는 잠시. 그들은 곧 씹는데 집중했다. 맛있는 음식을 입에 넣고 말을 하는 것은 음식에 대한 예의가 아니었던 탓이다.

'이 반달이란 만두가 그렇게 맛있어?'

유생도 그들을 따라 만두를 집어 들었다.

튀겨진 윗부분과 촉촉하게 찐 아랫부분.

외관상으로는 분명 궁금증을 자아내긴 충분했다. 허나 유생에게 있어서 최고의 만두는 속이 반쯤은 비어있는 명화원 찐만두.

이미 그것을 맛본 이상 유생의 입맛을 만족시키는 것은 힘들어보였다.

'과연… 이 만두가 명화원 만두를 뛰어넘을 수 있을까?'

유생은 설레는 마음으로 만두를 입에 넣고는 우물거려 보았다.

바삭한 튀김옷이 잘게 부숴지면서 죽순과 부추, 고기가 어우러진 육수가 입안을 가득 채웠다.

'달고 고소해.'

단지 그것뿐만이 아니었다.

속에서 흘러나온 육수는 씹을수록 그 농도를 더해갔다. 처음의 달고 고소했던 맛은 점점 짙어졌고, 급기야는 다른 맛을 연출해내기 시작했다.

'이건… 그냥 만두맛이 아니야. 쫄깃하고 바삭한 만두 피에… 이 육즙! 이건 탕에서나 맛볼 수 있는 시원한 맛이야! 그게 만두 속에서 흘러나오고 있어!'

개운하고 달큰한 육즙은 바삭하고 부드러운 튀김옷과 만두속을 절묘하게 조화시켰다.

씹을 때마다 느껴지는 고기조각의 식감은 더욱 맛을 돋구었다.

'맛있어! 정말 맛있어!'

눈을 감고 맛을 음미하던 유생이 눈을 번쩍 떴다. 그는 본능적으로 젓가락을 집어 들었다.

그리고 다시 만두 접시를 보았을 때 그의 젓가락은 움직일 수 없었다.

방금 전까지만 해도 10개의 만두가 담겨있던 접시 위에는 아무것도 없었기 때문이었다. 심지어는 단무지조차도 태수와 은지 등에게 비워지고 있었다.

반달만두 한 접시는 다섯 명이 먹기엔 너무 적었다. 한 사람당 두 개씩만 먹어도 접시는 금방 비워졌으니.

다섯 접시를 모두 비우고 나서도 이들의 식욕은 쉽사리 채워지지 않았다.

거기다 태수가 엄청난 속도로 접시를 비워대자 옆에 앉아 있던 민수연이 발끈했다.

"오빠! 혼자서 너무 많이 드시는 거 아니에요?"

"헐. 너무 많다니. 나처럼 몸집이 큰 사람들은 많이 먹어야 살 수 있다고."

태수가 아무렇지도 않은 듯 반박하자 은지와 진수도 거들었다.

"선배. 그래도 다섯 개를 한 입에 먹는 건 너무하잖아요."

"맞습니다, 형님. 만두 한 접시 나오는데 그래도 10분은 걸리는데 그렇게 혼자 다 드시면 나오는 동안 소화가 다 되겠어요."

그래도 태수는 태연자약하게 받아쳤다.

"그럼 좋지. 소화가 다 되면 이 맛있는 만두를 더 많이 먹을 수 있을 거 아니냐?"

유생도 이 때 만큼은 한마디 안할 수가 없었다.

"형님. 전 지금까지 다섯 접시 나오는 동안 딱 세 개 먹었습니다. 저도 좀 먹자구요."

유생에게 태수의 먹는 속도는 가혹했다.

태수 혼자 다섯 개를 먹고 민수연이 두 개, 은지와 진수가 각각 하나씩 집어드니 유생에겐 차례가 잘 돌아오지 않았다. 맛이라도 조금 느끼려고 하면 이미 접시에는 아무것도 남아있지 않았다.

"유생아, 네 속도가 느린 거야. 내 탓이 아니라고."

태수의 변명에 유생은 고개를 저었다.

"아닙니다. 우리는 모두 다섯 명이고, 한 접시의 만두는 열 개. 그렇다면 공정하게 한 접시 당 두 개씩 먹는 게 기본적인 예의라구요."

"어허… 고지식하긴. 먼저 먹는 게 임자지 예의는 무슨…."

태수가 고개를 젓자 유생은 밖에서 줄서서 기다리고 있는 손님들을 가리키며 거세게 몰아쳤다.

"저기 서 있는 사람들 안보이세요? 형님이 그렇게 많이 드시면 저희가 먹는 속도도 그만큼 늦어지고 결국엔 저 사람들도 더 오래 기다려야 한다구요!"

"맞아요! 저 사람들이 무슨 죄가 있어요?"

"유생 오빠 말이 맞네. 한 접시에 두 개씩! 좋은 생각이 에요."

"그렇게 하죠. 형님. 다음에 한 접시 또 나오면 자제해 주세요."

모두가 유생 편을 들자 태수도 하는 수 없었다.

"험… 험… 그거야…."

그때 다시 한 접시가 나왔다.

그리고 무어라 말하려던 태수는 말없이 만두 두 개를 집 어 들고는 입에 쏙 집어넣었다.

　 　 　 　 　 　 ◇

　10접시를 모두 비운 뒤.

　어느 정도 배를 채운 일행은 자리를 옮겼다. 쟈니 덤
플링 아래 위치한 사계(Four season)라는 맥주집이었
다.

　각자 마음에 드는 맥주를 음미하던 중 태수가 입을 열었
다.

　"유생아, 그나저나 지난번 사건 어떻게 되었냐?"

　"무슨 사건이요?"

　유생이 모르겠다는 듯 되묻자 민수연이 덧붙였다.

　"지난달에 있었던 강남 나이트클럽 사건이요."

　"응? 그게 뭐? 다 끝났잖아."

　"그때 피고인들 있잖아요. 재벌2세 신종호와 뇌물 받았
던 이경찬 부장검사요. 그 사람들 판결, 확정되었다는 소
문이 있던데 그거 진짜에요?"

　"아, 그거."

　'호빵'이란 수제 밀맥주를 마시던 유생은 잔을 내려놓
으며 말을 이었다.

　"신종호는 보름 전에 항소심에서 패소했어. 사건을 맡
았던 바다로펌은 상고를 포기했고."

"그렇다는 건 무기징역이 그대로 확정되었다는 거예요?"

은지가 눈이 동그래져서 묻자 유생은 고개를 끄덕였다.

"응. 맞아. 고등법원에서 형량을 감경 받으려고 반성문도 쓰고, 울면서 사정도 했는데 패소했거든. 솔직히 죄질이 너무 좋지 않고, 중간에 또 증언을 번복하는 바람에 결국 감경 받지 못했지."

유생의 말에 진수는 믿기지 않는 표정으로 입을 열었다.

"우와… 대박. 나는 새도 떨어뜨린다는 신화그룹 총수의 아들인데… 사필귀정이라는 말이 여기에 딱 어울리네요."

"그러게. 그래도 마지막엔 형량이 7년형 정도로 감경될 줄 알았는데 무기징역이라니…"

동부지방법원에서 판사 생활을 해오던 태수에게도 솔직히 놀라운 일이었다.

1심에서 형량이 높아도 항소를 하면 감경되는 경우가 많았다. 특히 바다 로펌은 그런 쪽에는 수완이 좋았다.

그런 바다 로펌이 수임한데다 막강한 배경을 등에 업은 신종호가 항소심에서 감경 받지 못했다는 사실은 여러 가지 의미를 지닌 것이었다.

- 우리 사법부는 그 어떤 성역 없는 공정한 재판을 할

것입니다. 이제 법정에서 돈이나 권력으로 정의를 움직이
는 일은 없을 것입니다.

　　1심 판결 당시 재판장 김동수가 했던 선언. 그 선언은
그 이후 항소심에서도 지켜지고 있었던 것이다.

　민수연은 개운한 표정으로 입을 열었다.

　"간만에 속이 후련해지네요. 예전엔 항소만 하면 죄질
나쁜 놈들도 막 감경되고 그랬는데."

　"진짜 잘된 일이에요. 아무리 변호사 비용을 많이 써도
죄는 죄라구요. 법이 돈에 의해서 움직이는 일은 다시는
없어야 해요."

　은지의 말에 유생은 빙긋 웃으며 말을 이었다.

　"쉽지는 않겠지만, 그렇게 바뀌어야지."

　"그럼 이경찬은 어떻게 되었어요? 그때 5년형은 확정되
었나요?"

　이번엔 진수의 질문이었다. 유생은 맥주를 한 모금 들이
킨 뒤 입을 열었다.

　"이경찬은 재판이 더 길어질 것 같아. 이것 말고도 다른
혐의가 발견되었거든."

　"다른 혐의요?"

　"응."

　유생은 고개를 끄덕이며 말을 이었다.

:Legal Mind

"계좌추적을 하다보니까 5년 전쯤부터 지금까지 십여 차례에 걸쳐서 누군가로부터 목돈을 받은 것이 포착되었어. 해외계좌였는데 조금 주의깊게 추적을 해 보니까 엮여 있는 곳이 한두 군데가 아니더라고."

유생은 당시 자신이 수사했던 내용들을 이야기 해 주었다.

5년간 이경찬이 받은 수십억에 달하는 돈.

그 돈은 대부분 국내 대기업들이 해외 페이퍼 컴퍼니를 거쳐서 이경찬에게 보낸 것들이었다.

"받았던 시기를 대조해 보니까 당시 그들과 이해관계가 있었던 사건들이 하나씩 있었던 거야. 당연히 그 사건들의 피고인들은 다 집행유예나 무죄로 풀려났고."

"헐. 그럼 강남나이트 사건 하나만 그랬던 게 아니었다는 거예요?"

"하나 걸리니까 줄줄이 드러나는 군요."

"이경찬 부장 검사…. 그렇게까지 해먹었을 줄은 몰랐는데…."

모두들 충격을 받은 듯 했다. 그들을 보며 유생이 말을 이었다.

"여튼 지금은 내 손을 떠나서 대검찰청 반부패부로 이관되었어. 사건이 너무 규모가 커졌거든. 아마 서울중앙지검 특수부랑 함께 수사를 진행할 건 가봐."

대검 반부패부와 서울중앙지검 특수부.

이들이 나섰다는 것은 이 사건을 결코 가볍게 여기지 않겠다는 검찰청장의 굳은 의지를 나타내는 것이었다.

"대검 반부패부라면 예전 중앙수사부였던데 아냐?"

"아주 제대로 걸렸네요. 거기 검사들은 엘리트 중의 엘리트잖아요."

태수와 수연의 말에 은지가 조그만 소리로 말했다.

"사실 우리 유생 오빠도 엘리튼데."

"맞아요. 엘리트로 따지면 유생 오빠야 말로 엘리트지. 따지고 보면 그 사람들 일 만들어 준 것도 유생 오빠가 지난 재판에서 이겼기 때문이잖아요."

은지와 수연의 말에 진수도 맞장구쳤다.

"진짜 맞는 말이에요. 형님도 어서 대검에 가시면 좋을 텐데요."

"우리 유생이, 대검에 갈 수 있을 거야. 이렇게 유능한 녀석을 위에서도 놓치진 않을 거라고."

태수까지 거들고 나섰지만 유생은 씁쓸하게 웃었다.

'대검.'

한때 이경찬이 청탁과 함께 꺼냈던 단어.

그 말에 유생은 잠시 흔들렸었다.

'그때 만약 대검에 가려고 마음먹었다면 지금의 이 순간은 없었을 거야.'

233

이경찬이 웃으며 두 개의 사건 파일을 건네던 그때가 떠올랐다.

─ 이제부터가 중요해. 여기서 한 발짝만 더 나아가면 바로 대검 입성이네.

'대검 입성….'

그 말이 주는 여운은 아직도 가시지 않았다. 단지 대검을 생각하기만 해도 유생의 가슴은 설레기 시작했다.

허나 유생은 피식 웃으며 입을 열었다.

"대검은 무슨. 난 이제 7개월차 검사야. 시험도 늦게 합격해서 간신히 검찰에 들어왔고. 난 이대로가…."

그때 유생의 앞에서 한 여성의 목소리가 들려왔다.

"어? 신 검사."

익숙한 목소리. 고개를 들어보니 아는 얼굴이었다.

"한지연 선배, 여긴 무슨 일로…."

반색하던 유생은 말을 멈추었다.

한지연은 혼자가 아니었다. 그녀는 누군가와 팔짱을 끼고 있었고 그 사람 역시도 유생이 아는 자였다.

유생은 급히 고개를 숙이며 인사했다.

"김형돈 부장님."

김형돈은 어색하게 웃으며 유생의 인사를 받았고, 유생

은 빙긋 웃으며 모두에게 그들을 소개했다.

"여기는 서울중앙지검 형사 2부장님이세요. 이쪽은 강남 나이트 사건 전 담당이셨던 한지연 수석 검사님이시구요."

진수와 수연, 은지는 가볍게 인사했다. 유생이 가운데서서 소개하니 어색했던 분위기는 나아지는 듯 했다. 단한명만 제외하고는.

"지연아."

태수는 얼어붙은 표정으로 한지연을 보고 있었다. 그와 눈을 마주친 한지연도 곧 같은 표정이 되었다.

그녀는 마치 유령을 본 것만 같은 표정으로 입을 열었다.

"태수 오빠?"

떨리는 목소리.

아주 잠시동안이었지만 그 둘이 오래 전부터 아는 사이라는 것은 누구나 알 수 있었다.

◇

이제 막 가로등이 켜지기 시작한 이태원 경리단 길.

차가운 초겨울 바람에 옷깃을 여민 수많은 행인 가운데 유독 눈에 띄는 이들이 있었다.

:Legal Mind

거리를 유지하면서 걷고 있는 중년의 남녀.

붙어있는 것도 아니고 떨어져 있는 것도 아닌 그런 어색한 거리를 유지하면서 둘은 말없이 길을 걷고 있었다.

그들은 태수와 한지연이었다.

30분 전.

맥주집에서 서로를 알아보았을 때, 눈치 빠른 김형돈이 먼저 자리를 비켜 주었다.

이어서 민수연과 은지, 진수와 유생도 차례로 밖으로 나갔고 덕분에 그들은 둘만의 시간을 가질 수 있었다.

허나 문제는 그 다음이었다.

'무슨 말을 하지?'

태수는 좀처럼 입을 열 수 없었다.

한지연은 20여년 전 고시촌에서 공부하던 시절 함께 사귀었던 옛 연인.

그녀가 먼저 시험에 합격하면서 태수는 그녀와 헤어질 수 밖에 없었다.

'앞날이 창창한 아가씨 혼삿길을 막을 수는 없었으니까.'

정의롭고 칼 같은 성격의 한지연.

똑똑한데다 미모까지 겸비해 학교는 물론 학원에서도 인기가 많았다. 좋은 성적으로 사법시험까지 합격했으니 그녀의 앞날은 보지 않아도 알 수 있었다.

태수로선 도저히 그녀를 잡을 수가 없었다.

'하아… 그땐 정말 힘들었었지.'

늦은 밤, 수많은 조문과 판례에 지친 하루를 마무리하고 집에 들어갈 때, 둘은 태양놀이터 그네에 앉아 시시콜콜한 잡담을 나누곤 했었다.

푸념과 절망.

과거와 미래가 뒤섞인 이야기들.

사소하고 별 것 아닌 이야기들이었지만 그녀와 헤어지자 그 대화들은 허전함으로 남았다.

'놀이터를 지날 때면 가슴이 아렸었어. 참을 수 없을 정도로.'

처음엔 가볍게 넘길 수 있을 정도로 작았던 허전함은 날이 갈수록 커져 갔다. 그리고 일주일이 지나자 그것은 무엇으로도 채울 수 없는 커다란 구멍이 되어 있었다.

그 순간 태수는 깨달았다.

그녀가 자신도 모르게 마음을 가득 채우고 있었음을. 그녀가 사라진 곳에는 뻥 뚫린 구멍만이 남게 되었음을.

'아마 그래서 군대에 갔던 것 같아. 앞뒤 생각하지도 않고.'

주위의 만류에도 불구하고 강원도 최전방으로 자원입대한 것은 그러지 않고서는 도저히 견딜 수 없었기 때문이었다.

237

시도 때도 없이 주는 기합과 훈련들. 남들은 힘들다고 하는 전방의 혹독한 생활은 오히려 견디기 쉬웠다.

'아무런 생각도 할 수 없었으니까.'

문제는 야간근무.

하는 일 없이 멍하니 전방을 주시하고 있을때면 그동안 잊고 있었던 그녀 생각이 스멀스멀 고개를 쳐들곤 했다.

'그땐 하고 싶은 말이 정말 많았었는데….'

하고 싶은 말들이 참을 수 없을 정도로 가슴에 차오를 때면 일기장에 적었다. 언젠가 만나면 꼭 말하리라 다짐하면서.

가끔은 꿈 속에서 그녀를 만나 그동안 쌓인 이야기들을 술술 털어놓기도 했었다.

그렇게 시간은 흘러갔다.

1년, 2년, 3년…,

눈에 보이지 않으면 마음도 멀어진다고 했던가. 시간이 갈수록 기억은 희미해져 갔다.

제대한 이후 어느 순간에는 더이상 일기도 쓰지 않게 되었다.

이후 그녀는 또 다른 기억들 틈에 끼어 먼 과거가 되어 더이상 그의 마음을 괴롭히지 않았다.

그동안 많은 일이 있었다.

건강이 악화되어 피를 토하며 쓰러진 적도 있었고, 유생을 만나 사법시험 합격도 했다. 그리고 연수원에서 만난 민수연과는 다음 달에 결혼하기로 되어 있다.

'결국 이렇게 만나다니.'

꿈 속에서 그릴 정도로 간절히 바라던 만남. 허나 시간은 너무나도 많이 흘러있었다.

무려 20년.

이렇게 만나고 보니 할 수 있는 말이 없었다. 과거 일기장을 빼곡히 수 놓았던 말들은 이미 잊혀진지 오래였다.

결국 태수는 말없이 잔을 비우고는 용기를 내어 한마디 했다.

"좀 걸을까?"

그렇게 밖으로 나와 걸은지 20분.

한참을 걸었으나 좀처럼 입이 떨어지지 않는 건 마찬가지였다.

◇

이태원의 밤거리를 그들은 걷고 또 걸었다.

처음엔 어색했던 침묵은 걸을수록 편해졌다.

과거 시험이 끝나 기분전환을 하고 싶을 때면 함께 걷곤했던 이태원 경리단길.

239

:Legal Mind

지금은 그때와는 많이 달라져 있었지만 전부 달라진 것은 아니었다.

"어머."

길거리에 있는 작은 호떡집.

철판 위에서 고소한 냄새를 풍기며 익어가는 호떡을 보며 한지연이 입을 열었다.

"아직도 여기서 이걸 파네?"

그걸 보니 태수도 옛날 생각이 났다.

가난했던 학창 시절, 겨울에 한지연과 데이트를 할 때면 길거리에서 산 호떡 하나에 따끈한 캔커피를 들고 걷곤 했었다.

'예전엔 하나만 사서 나눠 먹곤 했었는데.'

태수는 빙긋 웃으며 호떡 파는 아줌마에게 말했다.

"호떡 하나 주세요."

그때 한지연이 덧붙였다.

"아니 두 개요. 두 개 주세요."

노릇하게 익은 꿀 호떡을 하나씩 건네받자 분위기는 달라졌다. 어느새 둘을 감싸고 있던 침묵은 눈 녹은 듯 사라지고, 둘 사이의 거리는 한걸음 가까워졌다.

호떡을 한입 맛본 한지연이 먼저 입을 열었다. 마치 예전의 그때처럼.

"맛은 별로다. 그치, 오빠?"

"그렇네."

태수는 고개를 끄덕였지만 사실 맛 같은 것은 느껴지지 않았다. 다시 예전처럼 그녀와 나란히 걷고 있다는 것이 실감이 나지 않았다.

한지연은 호떡을 먹으면서 시시콜콜한 이야기들을 늘어놓았다.

지난 주 있었던 사소한 다툼들.

그런 이야기들을 듣고 있으니 태수도 자신의 이야기들을 털어놓기 시작했다

"나도 비슷한 일이 있었어. 민사조정실에 들어가니까 먼저 와 있던 당사자들이 막 싸우고 있더라고."

"그래서?"

"뭐, 그냥 말렸지. 싸우지들 말라고. 여기 합의하러 온 거 아니냐고 그랬지."

"그러니까 말을 들어?"

"아니."

태수가 고개를 젓자 한지연이 주먹을 불끈 쥐어보이며 말했다.

"그럴 땐 확 엄포를 놔야 된다고. 여기서 이렇게 소란스럽게 굴면 감옥에 쳐 넣겠다고 말야. 그렇게 하면 금방 조용해 질 껄?"

"야, 감옥이라니. 그건 너무 심하잖아."

"심하긴. 다들 까놓고 보면 사기꾼들일 텐데."

거침없는 한지연의 말투. 그녀의 강하고 똑부러진 성격은 검사 생활을 하면서 더욱 강해진 듯 했다.

무어라 대꾸하려던 태수는 그만 웃음짓고 말았다.

"왜 웃어. 난 진지하게 이야기한 건데."

"아니. 그냥. 너 다워서 그래."

"나 답다니? 그게 무슨 뜻이야?"

"음… 뭐랄까?"

좀 폭력적이라는 말을 하려던 태수는 입을 다물었다. 눈 앞에서 한지연이 도끼눈을 뜨고 있었기 때문이었다.

"혹시…. 내가 좀 폭력적이라고 하려던 건 아니지?"

"저… 그걸 어떻게….”

태수가 얼버무리는 순간 별이 번쩍 보였다.

한지연의 손바닥이 그대로 태수의 등에 작렬한 것.

쩍-

"우악!"

그 순간 태수는 잊고 있었던 한지연과의 과거가 떠올랐다.

'맞아. 지연이 손이 좀 매웠지.'

그것 뿐만이 아니었다. 조금 기분이 언짢아지거나 우울

할 때면 지금처럼 태수의 등짝을 때리곤 했었다.

'그때와 전혀 다르지 않잖아. 아니… 힘은 더 강해진 것 같아.'

태수는 다시 날아오는 한지연의 손을 피하며 달려갔다.

"거기서!"

"지연아, 그만! 아프다고!"

"흥! 간만에 만나서 한다는 말이 뭐가 어째? 폭력적?"

불과 10분 전까지만 해도 수줍은 침묵 속에서 걷던 두 남녀는 이제 쫓고 쫓기는 추격전을 시작했다.

한참을 달리고 몇번의 비명소리가 들린 후에야 둘은 멈추었다.

헉헉 거리며 서로의 모습을 본 태수와 한지연은 웃음을 터뜨렸다.

긴 시간 후에 다시 만났지만 서로 싸우는 모습은 예전과 꼭 같았다.

"우리 이러고 있으니까 옛날 생각 나네."

"그러게. 근데 그때도 이렇게 손이 매웠니?"

"뭐?"

한지연은 다시 도끼 눈을 뜨자 태수가 손사래를 쳤다.

"아, 아니. 손이 이렇게 부드러웠냐고."

다시 길을 걷는 둘 사이엔 거리가 없었다.

:Legal Mind

그들은 마치 20년전 그때로 돌아간 것처럼 티격태격 싸우다가도 금세 풀어져 웃었다.

이야기 꽃이 피기 시작했다.

떨어져 있었던 시간이 길었던 만큼 밀렸던 이야기들이 쏟아져 나왔다.

"말도 마. 시험 마지막날 민법 답안을 다 쓰고 나니까 느낌이 딱 오는 거야."

"무슨 느낌? 이번엔 꼭 붙겠다 이런거?"

"아니."

"그럼 뭔데? 빨리 말해 봐."

"이 이상은 더 쓸 수 없겠다는 느낌."

"오⋯. 그런 느낌이구나. 수석이 답안지를 쓰고 난 뒤의 소감이란 건."

"어? 너, 비꼬는 거야?"

"오빠는⋯ 비꼬는 거 아니야."

"근데 왜 그렇게 실실 웃어? 비웃는 거 같잖아."

또다시 티격태격하며 걷는 둘.

어느새 그들은 남산 자락의 주차장에 도착했다.

멀리 한 곳에 서 있는 검은색 승용차가 보이자 한지연은 태수에게서 한발 떨어지며 말했다.

"이제 가봐야 해."

"그래."

잠시동안 침묵이 둘 사이를 갈랐다. 마주보는 눈빛과 침묵 속에는 아쉬움과 안타까운 감정들이 녹아 있었다.

서로의 눈빛에서 이를 읽은 둘은 동시에 입을 열었다.

"나중에…."

"혹시…."

다시 한번 웃음을 터뜨린 둘. 한지연이 먼저 입을 열었다.

"먼저 말해."

"저… 이거…."

태수는 안주머니에서 흰 봉투를 꺼내 그녀에게 건넸다.

"이게 뭐야?"

"나 결혼해."

아주 잠시 동안이었지만 한지연의 눈빛이 살짝 흔들렸다. 그녀는 받아든 봉투를 열어보며 아무렇지도 않은 듯 입을 열었다.

"우와. 크리스마스 이브네."

그녀는 활짝 웃으며 태수를 보았다.

"정말 축하해."

그때 검은색 승용차에서 시동거는 소리가 들려왔다.

아까는 보지 못했지만 승용차에는 누군가가 타고 있는 것 같았다.

"누구야? 남편?"

태수의 물음에 한지연은 고개를 저었다.

"아니, 애인."

그녀는 빙긋 웃으며 덧붙였다.

"오늘 정말 즐거웠어. 그리고 결혼식 꼭 갈게."

그와 함께 내민 손.

태수는 그녀의 손을 한번 꼭 잡고는 놓아주었다.

"잘 가."

한지연은 검은 승용차로 향했다.

그녀를 태운 차는 스르륵 미끌어져 태수 앞을 지나쳐 갔고, 태수는 그 모습을 지켜보고만 있었다.

차가 시야에서 사라진 뒤에도 태수는 멍하니 서 있었다. 아직 꿈에서 깨지 않은 듯.

찬바람이 휘익 한번 불자 그제서야 온 몸에 한기가 느껴졌다.

"에에취!"

콧물을 닦고 시계를 보니 벌써 오후 8시였다. 태수는 몸을 웅크리며 중얼거렸다.

"그나저나 다들 어디 있는 거야?"

"태수 선배는 도대체 어디 있는 거야?"

맥주잔을 내려놓은 은지.

세번째 잔을 비운 그녀는 얼굴이 발그레 했다. 어느새 취한 은지는 민수연을 보며 뾰족해진 말투로 물었다.

"벌써 여덟시가 넘었어요. 언니는 걱정되지 않아요?"

"걱정? 왜?"

"아까 그 여자랑 같이 나갔잖아요. 분위기를 보니까 보통 사이가 아니었던 것 같던데."

은지의 우려섞인 말에도 민수연은 담담했다.

"뭐 그럴수도 있겠지."

"그럴수도 있겠다니요. 그럼 보통일이 아니잖아요."

은지는 호들갑을 떨었지만 민수연은 빙긋 웃을 뿐이었다. 그 웃음에는 걱정하는 기색은 전혀 보이지 않았다.

"아휴. 기다리는 사람은 생각도 안하고."

답답한 듯 은지는 다시 맥주를 벌컥벌컥 들이켰다.

"은지야. 너무 많이 마시는 거 아냐?"

유생이 제지하려 했지만 너무 늦었다. 은지는 그대로 한 잔을 모두 비웠고 한층 더 꼬부라진 목소리로 입을 열었다.

"언니. 전화라도 해보세요오. 아직까지 연락도 안온다는 건 뭔가 있는 거야. 세시간이 넘도록 둘이서 뭐하는 거야. 약혼자를 이렇게 내버려두고… 언니는 이상하지도 않아요?"

"이상하긴. 오빠처럼 멋있는 사람이 지금까지 아무런 인연도 없었다는 게 오히려 이상한 거지."

"네?"

눈이 동그래진 은지를 보며 민수연은 말을 이었다.

"너무 걱정하지 마. 겨우 그런 걸로 깨질만큼 가벼운 사이 아니니까. 그리고 나도 오빠랑 같이 있을때 예전에 만났던 사람들 마주친 적 있는 걸."

"우와. 그때 태수 오빠가 뭐래요?"

"뭐래긴. 그냥 지켜봐줬지."

민수연의 대답은 은지의 이해를 한참 넘어선 것이었다. 눈을 깜빡이고 있는 은지를 보며 수연은 말을 이었다.

"서로 믿는 거야. 너도 생각해 봐. 만약 유생 오빠와 같이 있는데 과거의 연인을 마주친다면 어떻게 하는 게 좋을지를."

허나 은지는 수연의 의도와는 다르게 해석했다. 은지는 날카롭게 유생을 쏘아보며 물었다.

"오빠! 혹시 나 말고 다른 여자 있어?"

"그, 그럴리가…."

생각지도 못한 공격에 유생은 식은 땀을 흘렸다. 은지는 한참을 노려보다가 푹 엎드리며 중얼거렸다.

"…유생 오빠……. 여자 있으면…. 가만… 안둘 거야…."

"하하… 내가 그런 게 어딨다고."

도로롱

은지는 완전히 곯아떨어졌다. 이제 술기운을 이기지 못하는 모양이었다.

"아하… 은지가 술에 약하구나. 벌써 쓰러지다니."

지금까지 3년 넘게 만나왔지만 오늘처럼 술을 많이 마신 적은 없었다.

"아마 맥주가 맛있어서 그랬나봐요. 아직 시간도 이르니까 있다가 일어나면 그때 나가죠."

"그래. 그렇게 하자. 태수형이 올지도 모르니."

그때 유생의 앞에 앉아있던 진수가 한숨을 푸욱 쉬었다.

지금까지 한마디도 하지 않았던 진수.

그의 표정은 심상치 않았다. 세상의 모든 고민을 혼자서 하는 듯 딱딱하게 굳어 있었다.

유생은 이상한 생각에 그에게 물었다.

"진수야, 무슨 일 있어? 오늘 너무 조용한데?"

진수는 유생을 보더니 기다렸다는 듯 입을 열었다.

"사실… 형. 상담 좀 해주세요."

"뭔데?"

"제가 이번에 사건 하나를 맡았는데요….''

진수는 지금까지 고민해 온 이야기를 털어놓기 시작했다.

◇

"대마 왕 신일평? 지난 주에 1심 판결 나지 않았어?"

유생의 물음에 진수는 끄덕였다.

"네. 징역 20년이 선고되었어요."

"20년이라…."

검거 당시 직접 수사지휘를 했던 유생은 턱을 매만지며 기억을 더듬었다.

"대마 수입 건이 포함되어 있으니… 5년은 기본일 테고. 영리목적에 상습범이니까 10년. 거기다 신일평이 누범전과가 있었던가?"

"아니요."

진수는 고개를 저으며 말을 이었다.

"3년 전에 경범죄로 1년 동안 징역살이를 한 적은 있지만 누범이 성립되진 않아요. 법원에 증거로 제출된 장부를 보니까 대마를 수입하기 시작한 건 10년 전이더라구요."

"누범시효 전부터 해왔던 범죄라는 말이군. 그럼 누범 가중은 할 수 없을테고… 그렇게 치면 20년은 형이 너무 과한 것 같은데?"

그때 민수연이 끼어들었다.

"형이 과하다구요? 원래 상습 마약 수입은 무기 또는 10년 이상의 징역형 아닌가요? 유기징역은 최대 30년까지니까 경우에 따라선 20년형을 선고할 수도 있다고 생각하는데…."

분명 일리가 있는 이야기였지만 유생은 고개를 저었다.

"사실 대마는 다른 마약과는 조금 달라. 지금까지 대마사범을 처벌해왔던 이유는 인체에 유해하고 중독성이 있는데다 마약사범으로 발전할 수 있는 관문역할을 한다는데 있었어.

하지만 지금까지 발표된 연구결과는 그게 아니었어. 담배나 알콜에 비해 특별히 더 유해하다거나 중독성이 높다고 할 수 없고, 다른 마약으로의 관문효과 역시 밝혀내지 못했지."

"저도 그 논문은 읽어본 적이 있어요."

진수도 고개를 끄덕이며 맞장구쳤다.

"담배, 술과 비교했던 논문이었는데 통계를 분석해보니까 놀랍게도 담배나 술보다 대마는 인체에 유해하지도 않도 중독성도 없다는 결론이 나오더라구요."

"헐. 완전 충격적이네. 그럼 대마를 왜 금지시키는 거에요? 담배보다 낫다면 오히려 담배를 금지시켜야 하는거 아닌가요?"

민수연의 물음에 유생은 빙긋 웃으며 말을 이었다.

"그래서 수십년 전부터 국제적으로 대마 비범죄화 논의가 일기 시작했어. 실제로 미국의 몇몇 주나 일부 국가들은 대마흡연을 법적으로 허용했고.

우리나라에서도 2005년도에 대마흡연을 금지시키는 건 헌법상 보장된 자기결정권을 침해하기 때문에 위헌이라는 주장이 나왔지."

그 말은 듣자 민수연은 알겠다는 듯 박수를 쳤다.

"아! 예전에 헌법재판소 판례에서 본 적 있어요. 근데 결국 헌재는 합리적인 이유가 있기 때문에 위헌은 아니라고 했잖아요."

"맞아. 하지만 그 사건으로 인해서 검찰 내부에선 지침이 하나 생겼어. 대마에 관해서는 되도록이면 처벌을 완화하는 방향으로 말이지."

"아…."

유생은 천천히 고개를 끄덕이는 민수연을 보며 말을 이었다.

"그래서 대마 관련 범죄는 법정 최소형으로만 구형한다고. 사실 우리법은 법정형이 너무 높게 규정되어서 경우에 따라선 감경해 주는 경우도 많아."

"이제 알겠어요. 오빠말대로 아까 상습 대마 수입 혐의로 20년 형을 받았다는 건 좀 이상하긴 하네요."

"그렇지."

유생은 빙긋 웃으며 진수를 보며 물었다.

"대마관련 범죄만으로는 그렇게 선고할리는 없어. 20년 형을 받았다면 분명 다른 혐의가 추가로 발견되었을꺼야. 그렇지?"

"역시… 형님의 추리력은 대단하시네요. 맞아요. 추가 혐의가 있었어요. 지하실에 있던 금고에서 필로폰을 발견했거든요."

"필로폰?"

"네. 사진을 보니까 양이 상당하던데요. 형님은 모르시는 내용이었나요?"

유생은 고개를 갸웃거렸다. 전체수사를 설계하고 지휘한데다 마지막 이관할 때 완벽하게 정리했던 그였지만 필로폰이 들어 있는 금고에 대해선 기억나지 않았다.

"글쎄… 난 도무지 모르겠는걸. 나중에 발견되었나?"

"아마 그랬나봐요. 법정에서 공범들이 자백할 때 신일평은 놀란 눈치였거든요."

재판 당시 공범들이 자백하기 시작하자 난동을 부리던 신일평. 그때 그는 자신이 한 것이 아니라고 소리쳤다.

진수가 당시의 상황을 이야기하자 유생의 미간이 좁혀졌다.

'이상해.'

콕 찍어서 이야기할 수는 없었지만 뭔가 이상한 느낌을 지울 수 없었다.

미묘하게 뒤틀려있는 듯한 느낌.

잠시 생각하던 그가 불쑥 물었다.

"근데 이 사건 항소심을 네가 맡는다는 거야?"

"네."

진수는 머리를 긁적이면서 머쓱하게 웃었다.

"사실 동석이한테 부탁받았거든요."

"동석이?"

유생이 묻자 진수는 대수롭지 않게 대답했다.

"그때 있잖아요. 강남나이트 사건에서 형님이 누명을 벗겨주신 마동석이요."

"마동석?"

유생의 좁혀진 미간은 돌아오지 않았다. 유생은 더욱 심각해진 표정으로 물었다.

"마동석이 왜 신일평을 부탁해?"

"구치소 동기였다는데요? 같이 장기도 두고 친하게 지냈다는데…."

"구치소 동기?"

유생은 신일평을 통해 마동석의 상태를 신문했던 일이 기억났다.

'맞다. 예전에 신일평에게 마동석에 대해서 물은 적이

있었지.'

구치소 동기였다면 이해는 갔다.

아무런 죄도 없이 누명을 썼던 마동석으로서는 구치소에서 말동무가 되어준 신일평에게 고마운 마음도 들었을 터.

천천히 고개를 끄덕이던 유생은 다시 진수를 보며 물었다.

"그 밖에 또 들은 거 없어? 동석이가 뭐라면서 부탁하든?"

"뭐랬더라…."

잠시 생각하던 진수가 대답했다.

"아, 뭔가 좀 이상하다고 했어요. 안에서 이야기 했을 땐 자기들이 수임한 변호사가 1년형으로 나오게 해준다고 그랬대나봐요."

"1년형? 그건 절대 불가능해. 그때 내가 찾은 증거들도 거의 결정적인 것들이었다고."

현행범으로 붙잡힌데다 거래 내역이 적혀 있는 장부와 통장이 발견된 이상 상습 대마 수출입 혐의는 확정적이었다.

최소 10년형.

여기에 별별 이유를 다 갖다붙여 감경을 받는다 해도 5년 밑으로 받는 건 불가능했다.

"동석이도 이상하게 생각해서 그날 재판참관을 하게 되었대요. 그러던 중에 만난 거죠. 저는 솔직히 궁금해서 가본 것이구요."

2개월 전, 진수는 이번 사건의 발단이 된 인천항 대마 적발 사건에서 선박에 타고 있던 이들을 변호한 적이 있었다.

그랬기에 이번 사건의 마무리가 어떻게 되는지 보고 싶었다.

또한 거기서 만난 동석이의 말을 듣고보니 변호사의 전략이 궁금하기도 했다.

허나 이변은 일어나지 않았다.

공범들의 자백이 이어지고 새로운 증거가 드러나면서 신일평의 죄는 더욱 무거워졌다.

"결국 그날 재판은 신일평이 몽땅 뒤집어 쓰는 걸로 끝났어요."

여기까지 듣자 유생은 사건의 줄거리를 알 수 있었다.

징역 1년형으로 막아준다며 공범들 모두에게 1억이란 거액을 받아 사건을 수임한 변호사.

그의 전략은 단순했다.

유생은 웃으며 고개를 끄덕였다.

"알겠어. 그때 어떤 일이 일어난 건지."

"네? 그게 무슨 뜻이에요?"

진수의 물음에 유생은 빙긋 웃으며 이야기했다.

"아직 잘 모르겠어? 피고인은 여덟인데 변호사는 한 명이야. 모든 문제는 여기에서 생긴 거라고."

아직도 진수는 모르겠다는 표정.

옆에서 듣고만 있던 민수연이 손뼉을 치며 끼어들었다.

"아! 알겠어요. 변호사가 다른 공범들을 위해 한 명을 희생시킨 거잖아요."

그녀의 말을 듣는 순간 진수도 진실을 깨달았다.

징역 20년 형을 선고 받은 것은 신일평 뿐.

나머지 공범들은 대부분 풀려났다. 체포 당시 대마를 소지하고 있던 이들은 대마소지죄로 1년형을 받았지만 그마저도 없었던 이들은 바로 무죄로 풀려났던 것이다.

"아… 내가 왜 그 생각을 못했지? 신일평이 20년 형 받는 거 보고는 변호사가 사기꾼이라고 생각했는데… 이렇게 보니까 나머지 피고인들에게 한 약속은 모두 지켜진 셈이네요."

"맞아. 바로 그거야."

유생은 빙긋 웃으며 고개를 끄덕였다. 그 때 민수연이 고개를 갸웃거리며 물었다.

"근데 그런 게 통했다는 게 이상한데요? 사실 그런 낌새를 채면 바로 다른 변호사를 선임하면 되잖아요."

분명 일리있는 말이었다.

변호인이 자신의 이익에 반하는 일을 한다면 바로 그를 해임하고 다른 변호사를 선임하면 그만이다.

허나 유생은 고개를 저었다.

"그건 옛날이야기야. 지금은 국민참여재판이 있잖아. 아마 변호사는 그것을 막기 위해서 국민참여재판을 신청하도록 유도했을 거야. 국민참여재판은 하루만에 모든 평결이 이뤄지니까 재판 당일 그런 사실을 알아채도 손을 쓸 수가 없거든."

문진수도 유생의 추리에 동의했다.

"어쩐지…. 저도 그건 좀 이상하긴 했어요. 마약사건은 특히 국민감정이 좋지 않아서 우리 펌에서도 웬만하면 국민참여재판 신청하지 않거든요."

뒤틀려 있던 사실들이 점차 제자리를 찾아갔다. 그러면서 숨겨져 있던 진실이 드러나기 시작했다.

국민참여재판으로 진행되고 공범들이 줄줄이 입을 맞춰 자백한 것에는 분명하게 이유가 있었던 것이다.

"아마 공범자들간의 합의가 있었을꺼야. 중간에 변호사가 유도했다면 합의를 이끌어내는 건 더욱 쉬웠겠지."

유생은 진수를 보며 말을 이었다.

"이번 항소심 잘 해봐. 잘 밝혀낸다면 형은 충분히 감경될 수 있어."

유생의 말에 진수가 무겁게 고개를 끄덕였다.

한참 후. 다시 유생과 눈을 마주친 그는 심각한 표정으로 물었다.

"근데 어떻게 하면 되죠? 아무리 생각해도 도통 알 수가 없어요."

"녀석은…."

유생은 빙긋 웃으며 방법을 알려 주었다.

어디서부터 시작하고 무엇을 파헤쳐야 하는지. 지난 재판에서 다뤄지지 않는 쟁점이 무엇인지를.

유생의 말이 이어질수록 진수의 표정은 밝아졌다. 전부 듣고 난 진수는 유생의 손을 꼭 잡으며 말했다.

"형님 정말 감사해요. 이번 건 진짜 잘할 수 있을 것 같아요."

더없이 밝은 표정이 된 진수.

잘해보라며 그의 어깨를 두드리던 순간 유생의 머릿 속에 뭔가가 스쳐갔다.

'그러고보니 좀 이상한데? 어떻게 마동석과 신일평이 같은 방에 있을 수가 있지?

예전 신일평을 불러나 마동석에 대해 물었던 때가 있었다. 그때는 그냥 넘어갔지만 가만 생각해보면 그것은 있을 수가 없는 일이었다.

'마동석은 살인혐의고 신일평은 마약혐의였어. 원칙적으로 둘은 같은 방에 있을 수가 없다고.'

:Legal Mind

구치소의 내부규칙상 살인범과 마약사범을 한 방에 가
둘 수는 없었다. 같은 종류의 범죄자들끼리 몰아 넣는 것
이 규칙이었으니.

술기운이 화악 가셨다.

아직 그 사건에는 유생이 모르는 뭔가가 더 있는 것 같
았다.

그때 진수가 유생의 휴대폰을 가리키며 말했다.

"어? 형님. 휴대폰 바꾸셨어요?"

◇

새벽 두 시.

유생은 만취한 은지를 업고 집으로 들어왔다.

너무 곤히 자고 있는 바람에 택시를 태워 집에 보낼 수
가 없던 탓이다.

유생은 은지를 자신의 침대에 눕히고는 그녀를 내려다
보았다.

새근거리며 자고 있는 은지의 모습은 아름다웠다.

야심한 시각에 침실에 함께 있는 두 남녀.

야릇한 분위기에 취해 무슨 일이 일어나도 이상할게 없
는 순간이었지만 지금의 유생에겐 그런 것이 눈에 들어오
지 않았다.

유생은 컴퓨터 앞에 앉아 전원을 눌렀다.

'클라우드 동기화라고 했었지?'

몇 시간 전 술집에서 진수가 가르쳐 준 정보였다.

이경찬이 부수는 바람에 휴대폰을 바꿀 수 밖에 없었다는 이야기를 듣자 진수는 이렇게 말했다.

– 그럼 클라우드 서버 한번 확인해 보세요. 예전에 제가 형 휴대폰 설정해 놓을 때 녹음파일들은 바로바로 동기화 되도록 해 놨거든요.

– 동기화? 그게 뭐야?

– 휴대폰에 있는 파일들을 그대로 클라우드… 그러니까 인터넷 서버에 복사해 두는 거에요.

'동기화라… 어쩌면 있을지도 몰라.'

부팅이 끝나자 유생은 클라우드 서비스를 제공하는 홈 페이지에 접속했다.

항상 쓰는 아이디와 비밀번호.

IT쪽에는 문외한이었기에 이런 식으로 일이 풀릴지는 몰랐었다.

'클라우드 서비스라… 여기있군.'

파란색 버튼을 클릭하자 서버에 저장된 파일 목록이 주욱 나왔다.

이를 확인하던 유생의 눈동자가 커졌다.

'있다.'

날짜가 적혀 있는 음성파일들.

그 날짜 중에는 이경찬을 취조했던 날의 것도 있었다. 그때 이경찬은 사무자동화 시스템을 건드려 유생을 따돌리고는 건네받은 휴대폰으로 몰래 통화를 했었다.

'그 때 놈이 누구와 통화를 했는지 안다면 검찰 내부의 비리 세력을 모두 잡아낼 수 있을거야.'

강남 나이트 사건은 단지 수면 위로 드러난 부분일 뿐.

분명 그 뒤에는 거대한 배후가 도사리고 있을 터였다.

'배후를 잡아 내지 못한다면 그 사건을 해결했다고 할 수 없지.'

유생은 이어폰을 꽂고는 떨리는 손으로 파일을 클릭했다.

파일이 손상되었다는 문구가 나왔지만 재생하는데는 문제가 없었다.

차분한 신호음이 끝나자 곧 목소리가 흘러나왔다. 한번도 들어본적 없는 묵직한 목소리가.

– 무리야. 이 건은 애초에 자네에게 지시한 건이 아니지 않은가?

– 하지만…. 부탁드립니다. 제가 지금까지 해 온 걸 생

각해 주십시오.

－ 일단 최선을… 칙.

파일은 거기서 끊겨있었다.

유생의 얼굴은 경악으로 물들어 있었다.

목소리만 들어서는 누구인지는 알 수 없었지만 그것만
으로도 충분했다. 현재의 음성감식기술로 그가 누구인지
알아내는 것은 단지 시간문제였으니.

유생이 놀란 것은 그것 때문이 아니었다.

'애초에 청탁으로 내려온 건 강남나이트 사건이 아니었
어.'

유생은 당시 이경찬이 내밀었던 두개의 파일들을 떠올
렸다.

강남 나이트사건 파일과 그 뒤에 있던 비교적 얇은 파
일.

그것은 한 여성국회의원의 불법선거자금에 대한 파일이
었다.

변호사

제 30 장
: 게임의 법칙 (전편)

변호사

서울중앙지방법원 형사합의부.

국민참여재판 배심원들이 지켜보는 가운데 재판은 막바지에 이르고 있었다.

방금 전 유생은 범행과정과 수단, 동기에 이르기까지 지금까지 발견한 증거들을 토대로 일목요연하게 설명했다.

너무나도 명료한 증거들과 설명들.

도저히 반박할 수 없을 법 했지만 변호사는 땀을 삘삘 흘리며 반박하기 시작했다.

"검찰이 제시한 증거는 결정적이라고 할 수 없습니다. 피고인 이외에 제3자가 방에 들어와 범행을 저질렀을 수도 있는 것입니다."

:Legal Mind

제3자의 범행가능성을 들어 혐의를 부인하자 유생은 바로 새로운 화면을 비추며 따져들어가기 시작했다.

"이것은 범행이 일어난 주택가 주변에 설치된 CCTV들에서 촬영한 영상입니다. 보시다시피 범행추정 시각 전후 1시간 동안 이동한 사람은 아무도 없습니다. 주인아저씨가 출근한 이후 방 안에 있었던 것은 피해자와 피고인 밖에는 없었던 것입니다. 어떻게 이를 두고 제3자의 범행가능성을 말할 수 있습니까?"

네 대의 CCTV가 녹화한 화면은 유생의 주장을 뒷받침하고 있었다.

유생은 한 시간 동안이라 이야기했지만 자료화면은 전후 세 시간동안의 화면이 편집되어 있었다.

새벽 네 시, 신림동 하숙집에서 일어난 살인.

부검 결과 살인이 일어난 시각 현장에 있었던 사람은 하숙집에서 하숙을 하던 30대 중반의 남자 뿐이었다.

그는 버스기사인 주인아저씨가 새벽 세 시에 출근한 틈을 타 주인아주머니를 성폭행한 뒤 무참히 살해했다.

그럼에도 뻔뻔스럽게 혐의를 부인해 왔다. 자신은 전혀 모르는 일이며 잠에서 깨어보니 주인 아주머니가 죽어 있었다는 것이다.

변호사는 준비해 온 자료를 펼쳐보이며 반박했다.

"범행 장소는 2층 주택입니다. 또한 창문가에는 다른 사

람의 것으로 보이는 발자국이 찍혀 있습니다. 비록 CCTV
에 아무도 찍혀있지 않다 하더라도 창문을 통해 누군가 침
입했을 가능성도 있는 것 아닙니까?"

변호사가 내보인 화면은 현장의 창문틀을 찍어 놓은 사
진이었다. 그곳에는 방향이 다른 발자국이 비교적 선명하
게 찍혀 있었다.

누군가가 들어갔다가 나온듯한 흔적.

이를 본 배심원들은 고개를 끄덕이기 시작했다.

- 발자국 방향이 서로 반대방향이야.

- 그렇다면 누군가가 창문으로 들어왔다가 나간 거라는
뜻인데.

- 이 정도 증거라면 피고인이 아닌 제3자가 범행을 저
질렀을 수도 있겠어.

아까부터 일관적으로 주장해 온 제3자의 범행가능성에
대해서 무게가 실리는 순간이었다.

이를 확인한 변호사는 더욱 힘주어 주장했다.

"이것은 범행현장에 제3자가 개입할 수 있었다는 중요
한 단서들입니다. 이 발자국들에 대한 수사는 해 보신 겁
니까? 그것조차 하지 않은 상황에서 피고인의 혐의가 인
정되어선 안됩니다!"

변호사의 주장은 날카로웠다.

창문틀에 찍혀 있는 발자국 사진이 아니었다면 이토록 그의 주장에 힘이 실리진 않았을 터.

허나 유생은 회심의 미소를 지었다.

'결국 예상대로군.'

유생은 자리에서 일어나 다시 새로운 화면을 띄웠다. 그것은 방금 전 변호사가 제시한 사진과 같은 것이었다.

창문틀에 찍혀 있는 선명한 발자국.

유생이 다시 버튼을 누르자 운동화 바닥이 찍힌 사진이 옆에 추가 되었다.

운동화 바닥은 창문틀에 찍힌 발자국과 같은 문양을 그리고 있었다.

유생는 빙긋 웃으며 입을 열었다.

"이것은 현장에서 발견된 피고인의 운동화입니다. 보시다시피 창문틀에 찍힌 발자국이 이 운동화가 만들어낸 것이란 것을 누구나 알 수 있을 것입니다."

유생은 잠시 피고인을 바라보았다.

시종일관 묵묵히 고개를 숙이고 있던 피고인. 그는 이제 고개를 들어 화면을 응시하고 있었다.

운동화 바닥과 창문틀에 찍힌 발자국이 완벽하게 일치하고 있음을 보여주는 사진을 보자 피고인의 눈썹이 가늘게 떨리기 시작했다.

유생은 그에게 다가가면서 말을 이었다.

　"보시다시피 발자국의 문양은 제법 독특한 편입니다. 2009년 한정판 농구화가 아니라면 이런 문양이 찍힐 수가 없지요. 게다가 운동화가 발견된 곳은 피고인의 자취방 장롱 속입니다. 이것이 가리키는 바는 하나입니다."

　유생은 이제 피고인 바로 앞에 서 있었다. 그는 날카로운 눈빛으로 마주보며 말을 이어갔다.

　"창문틀에 발자국의 방향은 두 가지입니다. 방밖을 향해있는 것고 안을 향해 있는 것. 이것들은 제3자가 밖에서 들어와 범행을 저지르고 나간 흔적이 아닙니다."

　유생은 화면에 비친 발자국들을 가리키며 외쳤다.

　"이것은 범행을 은폐하기 위해 피고인이 직접 신발을 신고 나갔다가 온 흔적에 불과합니다. 다시말해 이것들은 위장일 뿐입니다!"

　위장이라는 단어는 날카로운 화살처럼 피고인의 마음을 푸욱 찔러들어갔다.

　그리고 그의 변호사가 먼저 반응했다. 그는 벌떡 일어나 유생을 보며 말했다.

　"신발! 그 신발이 피고인의 것이라는 증거가 있습니까?"

　"물론."

　유생이 다음 넘긴 화면에는 지문이 나와 있었다.

:Legal Mind

"이것은 이 운동화에서 직접 채취한 지문이고, 피고인의 것과 100% 일치한다는 국과수의 소견이 있었습니다."

결정적인 증거.

더이상 발뺌할 여지는 없어보였다. 그럼에도 변호사는 끈질기게 물고 늘어졌다.

"아직 여러가지 가능성이 남아있습니다. 다른 사람이 피고인의 신발을 신었을 수도 있습니다. 그 모든 가능성을 검토하지 않은 상태에서 그것을 위장으로 치부할 수는 없습니다!"

유생도 날카롭게 되받아쳤다.

"피고인의 다른 신발들은 모두 신발장에 놓여 있고, 유독 이 운동화만이 장롱 서랍 속에 있었습니다. 그것도 갈기갈기 찢어진 채로 말이죠. 거기다 이 운동화에는 피고인 이외에 다른 사람의 지문은 발견되지 않았습니다. 이것을 두고 어떻게 다른 가능성이 있다고 할 수 있는지 의심스럽군요."

유생은 더욱 날카로운 목소리로 말을 이어 나갔다.

"그것뿐만이 아닙니다. 피해자의 시신에서는 이미 피고인의 정액이 검출되었습니다. 거기다 졸린 목 부분에는 피고인의 지문도 남아있구요. 이를 두고 검찰이 다른 가능성을 찾아야 한다고 생각하십니까?"

"하지만 흉기는 발견하지 못하지 않았습니까?"

"물론 심장부근의 자상이 직접적인 사인이고, 그와 일치하는 흉기는 발견하지 못했습니다. 하지만 그 밖의 사실들은 명확하지 않습니까? 정액과 목부근의 지문. 그리고 범행을 다른 사람의 소행으로 착각케 하려는 발자국들."

유생은 배심원들을 돌아보며 쐐기를 박았다.

"피고인의 지문이 묻은 흉기가 발견되지 않았을 뿐입니다. 허나 이 모든 증거들은 피고인이 범인이라고 말하고 있습니다. 아직도 여러분들은 이자가 범인이 아니라고 의심하십니까?"

유생의 질문은 결정적이었다.

배심원 대부분이 고개를 끄덕였고, 판사들 마저도 의견을 정리하는 듯 했다.

그때 지금까지 잠자코 있던 피고인이 자리에서 일어났다. 비교적 작은 키인데다 유생의 뒤에 서 있었기에 누구도 그에게 주의를 기울이지 못하고 있었다.

유생은 미소지으며 배심원들을 바라보고 있었다.

'이번에도 이겼군.'

벌써 백 네번째 승리.

네 번에 걸친 재수사가 빛을 발하는 순간이었다.

그때 유생의 귓가에서 소름끼는 목소리가 들려왔다.

"크크큭…. 어떻게 알았지?"

:Legal Mind

섬뜩한 느낌에 뒤를 돌아보려는 순간, 숨이 턱하고 막혀
왔다. 피고인의 억센 손이 유생의 목을 감아쥐기 시작한
것.

뒤늦게 눈치챈 재판장이 외쳤다.

"피고인! 뭐하는 겁니까! 그거 놓으세요!"

허나 피고인은 멈추지 않았다. 그는 유생에게만 들리는
목소리로 읊조렸다.

– 같이 죽자.

휘슬 소리가 법정 안을 가로질렀고 곧 사법경찰관들이
들어와 피고인을 제지했다.

그들이 들어오자 피고인은 씨익 웃으며 천천히 입을 열
었다. 그러자 그의 입에서 뻘건 피가 주르륵 흘러내리기
시작했다.

"혀를 깨물었다!"

"어서 저 자를 끌어내!"

"응급차 불러!"

재판 중 살인 시도와 자살 기도.

법정은 순식간에 아수라장이 되어버렸다.

허나 그 수많은 외침소리들은 점차 멀어져 갔다.

"검사님께서 쓰러지셨어!"

"뭐하는 거야! 어서 이 자식 손을 떼어내!"

……

……

유생은 완전히 정신을 잃고 말았다.

◇

유생은 꿈을 꾸기 시작했다.

지금까지와는 달리 그가 꾸었던 모든 꿈들이 뒤죽박죽
이 되어 나타났다.

맨처음 나타난 건 누군가에게서 서류를 받고 가슴 설레
는 미래를 꿈꾸던 장태현의 꿈.

그때 서류를 건넸던 자의 얼굴은 이젠 선명하게 보였다.

'그런 말투와 눈빛은 흔치 않아. 국정원 김상훈. 틀림없
이 그였어.'

김상훈은 몇 개월전 유생과 마주친 적이 있었다.

먼저 접근해 온 그가 왜 아무 말 않고 사라졌는지는 유
생으로선 알 수 없었다.

그 다음 보인 것은 코스트너.

커튼 뒤, 휠체어에 앙상한 고목처럼 앉아서 시린 안광을
뿜어내고 있는 그의 모습은 언제봐도 소름 끼쳤다.

그는 장태현에게 한 가지를 지시했다.

– 한국을 사고 싶네. 그것도 아주 싸게.

그와 함께 건넨 한가지 힌트는 '이제 곧 누구도 막을 수 없는 금융대란이 온다.' 는 것이었다.

이를 들은 장태현은 바로 감을 잡았고 플랜을 세웠다. 코스트너를 완벽히 만족시킬 수 있는 플랜을.

유생은 그 플랜의 세부사항에 대해서는 알지 못했지만 한 가지는 알고 있었다.

'그 플랜은 코스트너만을 위한 건 아니었어.'

불패의 변호사 장태현.

그는 코스트너가 던진 먹잇감을 물었지만 아무런 준비가 없었던 것은 아니었다.

'뭔가가 있었어. 정확하진 않지만 분명해.'

유생은 꿈과 꿈 사이를 헤집고 다니면서 플랜에 대한 단서를 모으려고 노력했다.

허나 생각처럼 쉽지는 않았다.

꿈은 꿈일 뿐.

잊을 수도 잊어버릴 수도 있는 기억들에 뒤섞인 꿈 속에서 유생이 원하는 정보를 찾아내는 건 불가능했다.

'장태현! 넌 도대체 무슨 일을 꾸미려고 했던 거야!'

그때 낮은 웃음 소리가 들려왔다.

소름끼치고 기분나쁜 목소리.

- 넌 거의 다 왔어.

'뭐?'

유생이 다시 물었지만 장태현은 더이상 답하지 않았다.

대신 유생의 눈앞에 뭔가가 보이기 시작했다.

처음의 빳빳한 직선은 곧 흐물흐물 구부러지기 시작했고, 그렇게 구부러진 곡선은 뭔가를 그리기 시작했다.

'이건 뭐야?'

처음엔 새 같기도 했고, 동물 같기도 했다.

허나 잠시 후 유생은 그 정체를 알 수 있었다.

그의 눈 앞에 드러난 것은 한 여인이었던 것이다.

'이 자는!'

그녀가 누군지 기억이 났다.

불법선거자금 사건의 피의자 이수정. 그녀와 눈이 마주친 순간 유생은 묘한 느낌에 휩싸였다.

미움과 그리움.

그 밖에 여러 복잡한 감정들이 마음 속에서 차올랐다.

'뭐지? 이 감정들은?'

그때 이수정의 눈에서 눈물이 흘러내리기 시작했다.

:Legal Mind

그렇게 흘러내린 눈물이 뺨에 닿자 유생은 번쩍 눈을 떴다.

흰색 타일의 천장.

그곳은 병실이었다. 그리고 그의 눈 앞에는 한 여인이 눈물짓고 있었다.

그녀는 은지였다.

눈을 떴을때 한 여인의 목소리가 들려왔다.

"오빠."

익숙한 목소리. 고개를 돌려보니 역시 아는 얼굴이었다.

"은지구나."

유생은 바로 몸을 일으키려 했으나 쉽지 않았다.

온 몸에 힘이 들어가지 않는데다 어지럼증이 겹치자 그만 털썩 드러눕고 말았다.

"크윽…."

"무리하지 마세요."

주위를 둘러보니 병실. 그것도 혼자만 쓰는 특실이었다.

어느새 입원복으로 갈아입은데다 오른팔뚝에는 링거까지 꽂혀 있었다.

유생은 신음하듯 물었다.

"어떻게 된거지?"

"기억나지 않아요?"

유생이 고개를 가로젓자 은지는 걱정이 걷히지 않은 얼굴로 말을 이었다.

"법정에서 그 피고인이…. 오빠 목을…."

은지는 차마 말을 잇지 못했다.

입밖에 내기엔 너무 끔찍한 광경. 허나 유생에겐 그것으로 충분했다.

"아…."

몇 개의 조각 기억들이 스쳐지나갔다.

법정의 모습과 변론 내용들.

잠시후 뒤죽박죽이 되어버린 기억들이 맞춰지면서 오늘 있었던 일들이 떠오르기 시작했다.

'신림동 하숙집 살인사건이었지?'

일관적이고 지능적인 진술로 처음에는 용의선상에서 제외되었던 자였다. 허나 네 번의 재수사 끝에 증거를 잡아냈고, 유생은 그를 살인범으로 기소했다.

'재판은 거의 마무리 단계였던 거 같은데….'

증거조사와 증인신문을 마친 후의 마지막 변론.

거기까지 떠올리자 등 뒤에서 속삭이던 음산한 목소리 역시 기억났다.

– 같이 죽자.

이후 강한 힘으로 목이 졸리던 것이 느껴졌다.

기억이 끊긴 것은 그 이후였다.

'그랬었군.'

유생은 왼손으로 이마를 짚으며 말했다.

"재판은 어떻게 되었지?"

은지는 고개를 저었다.

"정확히는 몰라요. 피고인이 혀를 깨무는 바람에 병원으로 실려갔다는 이야기를 들었는데…. 저는 듣기만 해서….."

"후…. 그렇군."

혀를 깨물었다는 말을 듣는 순간, 한숨이 나왔다.

지금까지 수사해 온 정보를 토대로 생각할 때 놈이 무엇을 노렸는지 대충 알만했던 탓이다.

'정신 이상 쪽으로 유도하려는 건가?'

악질적인 살인죄라 하더라도 심신이 미약하다는 의사의 소견이 첨부되면 형은 감경될 수 있었다.

물론 그런 일은 드물었지만 자신의 귓가에 들려온 목소리로 보아 그쪽으로 변호할 가능성이 높았다.

"오빠, 괜찮은 거죠?"

"응."

유생은 은지를 바라보았다.

아직도 걱정스러운 듯 인상을 굳히고 있는 그녀의 모습이 웬지 귀여워 보였다.

유생은 손가락을 들어 은지의 찌푸린 미간을 펴주며 대답했다.

"인상 펴. 간만에 만났는데."

지난번 이태원에서 만난 이후 보름이 넘게 지났다.

중간에 한번 보려고 했지만 일 때문에 여의치 않았다.

은지는 유생의 손을 잡으며 입을 열었다.

"다행이에요. 아깐 얼마나 조마조마했는데."

은지는 환하게 미소지었다.

긴 어깨까지 내려온 긴 머리칼과 흰색 브라우스.

잡티 하나 없는 흰 얼굴에 손으로 그린 듯한 눈썹과 붉은 입술.

이젠 예전의 앳된 모습은 찾아볼 수 없었다.

유생을 바라보며 미소짓는 은지의 모습은 이제 그윽한 향기를 뿜어내는 꽃과도 같았다.

'예쁘다.'

방금 전 마음을 짓누르던 생각이 사라지는 것 같았다. 그런 그녀가 자신의 여자친구라는 사실이 실감나지 않았다.

"너무 걱정하지 마."

유생도 그녀를 보며 웃음지으려 했으나 순간 머리가 어지러웠다. 동시에 꿈 속에서 보았던 여자가 은지와 겹쳐 보였다.

'이수정.'

한번도 만난 적은 없었지만 그 이름과 얼굴은 친숙했다.

그녀는 장태현과 어떤 관계가 있음이 분명했다.

'그녀에 대해서 알아봐야 해.'

지금까지 너무나도 바쁜 탓에 전혀 조사하지 못했었다.

강력부 사건들은 하나같이 끔찍하고 위중한 사건들이라 배당받은 사건을 수사하는 것도 힘들었으니.

'조금만 시간이 주어진다면 좋을 텐데…'

허나 그럴 가능성은 드물었다.

유생은 강력부 검사고, 그에겐 이번과 같은 사건들이 산더미같이 쌓여 있었다.

다시 머리를 짚고 있는 유생을 보며 은지가 입을 열었다.

"오빠, 이제 좀 쉬면 안돼요?"

"응? 그게 무슨 소리야?"

"검사로 임관된 다음부터 거의 쉬는 날도 없었잖아요. 한달에 한번 간신히 만나기도 힘들고. 저 주말에 학교 도서관에 있으면 남들이 솔로인줄 안다구요."

은지의 불평어린 투정.

그녀는 그저 웃고만 있는 유생에게 톡 쏘아붙였다.

"솔직히 그렇게 열심히 한다고 누가 알아주는 것도 아니잖아요. 일이 줄어드는 것도 아니고. 이제 곧 크리스마스인데 휴가도 좀 써요."

'그렇긴 하지.'

그때였다. 유생이 막 무어라고 대꾸하려던 때 뒤에서 문이 딸깍하고 열렸다.

문틈으로 얼굴을 내민 남자.

은지와 눈이 마주친 그는 싱긋 웃으며 말했다.

"저… 들어가도 되겠습니까?"

고개를 돌려보니 그는 유생이 익히 아는 사람이었다.

"김경환 피디님!"

작은 체구에 야무진 인상.

그는 TKBC의 김경환 피디였다.

김경환은 반쯤 벗겨진 머리 위로 얼마 남지 않은 머리칼을 쓸어올리면서 유생에게 인사했다.

"이렇게 무사하셔서 다행입니다."

"뭘요. 신경 써 주셔서 감사합니다."

유생은 김경환을 반갑게 맞았다.

:Legal Mind

그에게 있어서 김경환은 은인과도 같았다.

한 달 전 강남 나이트 사건에서 김경환이 언론을 움직여 준 덕분에 전관변호사와 재벌을 상대로 유죄판결을 낼 수 있었다.

'그가 도와주지 않았다면 결코 그런 판결은 낼 수 없었을꺼야.'

그 이후에도 김경환은 유생과 긴밀한 관계를 유지하고 있었다.

유생이 사건 하나를 해결할 때면 모든 케이블 TV의 뉴스에서 일제히 보도하기 시작한 것이다.

또한 그가 기획한 법정 프로그램에서 번번히 유생의 사건을 다루었기에 한번 프로그램이 방송될 때마다 유생에 대한 대중의 관심은 높아만 갔다.

김경환은 버릇처럼 머리를 매만지며 다시 입을 열었다.

"오늘 사건으로 검사님 인기가 다시 하늘을 찌르게 될 것 같습니다.

"그게 무슨 말씀이세요?"

유생의 모르겠다는 표정으로 묻자 김경환은 히죽 웃으며 말을 이었다.

"검사님께서도 아시다시피 이번 사건 수사 과정이 지난주에 방영이 되었지 않습니까? 사실 그때 반응이 제법 뜨거웠습니다. 어떻게 하숙하던 놈이 그런 짓을 저지를 수 있는지 모두들 분개했죠."

"그것보다도 자기가 죄를 저질러 놓고도 아닌 척 위장했다는게 더 나쁜거에요. 저도 그거 보고 얼마나 화가 났었는데."

은지의 말에 김경환도 끄덕였다.

"맞습니다, 맞아요. 얼마나 나쁜 놈입니까? 그런데 오늘 낮에 그런 사단이 일어났으니…."

알만한 상황이었다.

불과 한 주 전, TV에서 방영되었던 사건 재판에서 피고인이 검사의 목을 조르는 일이 발생했으니.

오늘 일은 결코 그냥 넘어갈리가 없었다.

김경환은 손목에 찬 시계를 보며 말을 이었다.

"아마 한 시간 쯤 뒤면 여기가 무지하게 혼잡해 질 겁니다."

"그렇겠네요."

유생은 무겁게 고개를 끄덕였다.

맨 처음, 매스컴을 탈 때의 기분은 매우 좋았다.

많은 이들에게 인정받는다는 쾌감도 있었고, 자신이 뭔가 중요한 사람이라는 기분도 들었다.

허나 벌써 두달이 다 되어가도록 연예인과 버금가는 관심을 받게 되자 관심은 점차 부담이 되어갔다.

'대한민국 검사는 나 혼자만이 아니라고.'

:Legal Mind

열심히 일하고 실력 좋은 검사는 많다.

그럼에도 유독 자신만이 능력있는 검사로 비쳐지는 것은 검찰 내부에서도 달가워 할만한 상황은 아닐 터.

거기다 그나마도 가끔씩 만나는 은지와의 데이트 때도 길거리에서 알아보는 사람을 만날 때면 곤혹스럽기까지 했다.

김경환은 유생의 표정에서 그런 모든 것을 읽은 듯 짙게 웃으며 입을 열었다.

"언론의 관심이 그리 나쁜 것만은 아닙니다."

"하지만 지금같은 상황이라면 부담스럽군요. 솔직히 지금은 좀 쉬고 싶거든요."

유생과 눈을 마주친 그는 더욱 짙은 웃음을 흘리며 말을 이었다.

"그럴 땐 그냥 쉬시면 됩니다. 검사님이 일하면 일하는 대로 쉬면 쉬는대로 언론은 알아서 이야깃거리를 만들어 낼 테니까요. 혹시 압니까? 검사님이 일어나셨을 때 밖에서 좋은 소식이 기다리고 있을지."

"좋은 소식이요? 그게 뭐죠?"

은지의 물음에 김경환은 어깨를 으쓱이며 답했다.

"그걸 저라고 알겠습니까? 그저 그럴지도 모른다… 이런 이야깁니다."

"에이, 난 또 뭐라고."

김경환은 은지에게 싱긋 한번 웃어 보이고는 자리에서 일어나 인사했다.

"그럼 저는 이만 가보겠습니다. 푸욱 쉬시고, 쾌차하시길 빌겠습니다."

"네, 살펴 가십시오."

흘러내린 머리를 한번 매만진 김경환은 문 밖으로 나갔다. 그가 나가자 은지가 설레설레 고개를 흔들며 말했다.

"으… 나 저 사람 싫어요."

"왜?"

"그냥. 웬지 음침하고 기분 나쁘다고 할까? 여튼 별로야."

음침하고 기분나쁜 느낌.

같이 웃고 있어도 나와는 다른 이유로 웃고 있는 것 같은 그런 느낌.

사실 유생도 김경환에게 그런 느낌을 받았다. 하지만 지금까지 그는 유생의 가장 강력한 우군.

그가 아니었으면 유생은 지금쯤 한직으로 발령 나 있거나 검사옷을 벗어야 했을지도 모른다.

"그래도 좋은 사람이야."

'사람은 외모만으로는 모른다.'

유생은 그렇게 생각하고 싶었다.

:Legal Mind

태수를 비롯해 연수원 동기들 이외에는 아무런 친구가 없었던 그에게 김경환은 기댈 수 있는 버팀목과도 같았으니.

한 시간 뒤.

김경환의 예언대로 병실로 기자들이 찾아왔다.

늦은 밤까지 반복된 인터뷰에 지쳐 급기야는 거절하기까지 했다.

그러는 동안 김경환이 짙은 웃음과 함께 했던 말들에 대해선 까맣게 잊었다.

다음날 새벽.

낯선 기분에 눈을 뜬 유생은 기겁하고 말았다. 짙은 밤색 양복을 입은 한 남성이 물끄러미 그를 바라보고 있었던 탓이다.

"우왁!"

유생이 놀라 일어나자 그는 피식 웃으며 입을 열었다.

"놀래긴. 이런… 쯧쯧… 나는 새도 떨어뜨린다는 신유생 검사가 이걸로 놀라서 쓰겠어? 나야 나."

주위가 어두운 탓에 누군지 보이진 않았지만 목소리를 들으니 귀에 익었다.

"차 수석님?"

차영욱 수석검사.

강남 나이트 사건 때 형사부 한지연 수석이 발령나면서 그 후임으로 온 자였다. 과거 유생이 대구지검에서 검찰시보생활을 할 때 신세를 지기도 했다.

강남나이트 사건 이후로는 임시로 강력부 부장역할을 하고 있었지만 아직 정식 발령은 나지 않은 상태였다.

시계를 보니 아직 여섯시도 안되는 이른 시간.

유생은 눈을 비빈 후 그를 보며 말했다.

"이렇게 이른 시각에 무슨 일로 오셨어요."

"좋은 소식을 알려주러 왔어."

차영욱은 웃으면서 말을 이었다.

"발령났어. 내부이동이긴 하지만."

"네?"

"나 말야. 오늘부로 서울중앙지검 특수부로 발령났어."

잠시 멍하던 유생의 머리가 삐걱거리며 돌아가기 시작했다.

그리고 '서울중앙지검 특수부'라는 의미를 깨달았을때 눈이 확뜨였다.

유생은 눈을 번쩍 뜨며 차영욱의 손을 잡았다.

"축하드려요! 드디어 부장님이 되셨군요."

"그게 끝이 아니야."

:Legal Mind

아직 얼떨떨한 표정의 유생에게 차영욱은 이야기를 계속했다.

"자네도 발령났어. 오늘부로 내가 자네 상관이야. 특수4부 부장으로서 신 검사에게 명령하지. 더 누워 있게. 다음 주 월요일에 출근할 때는 헷갈리지 말고 여기로 오도록."

씨익 웃으면서 쪽지를 건네준 차영욱은 바로 병실을 나갔다.

'뭐지?'

뒤늦게 쪽지를 확인한 유생은 눈이 휘둥그레졌다. 쪽지엔 선명한 글씨로 이렇게 쓰여있었다.

서울중앙지검 특수 제4부

3층에 있으니 헷갈리지 말도록. ^^

◇

서울중앙지검 특별수사부.

대검찰청 반부패부와 함께 검찰의 꽃으로 불리는 부서였다.

특수부의 위상은 다음의 한마디로 정의할 수 있다.

[서울중앙지검 특수부가 움직이면 대한민국의 정치기반

을 완전히 바꿀 수 있다.]

그 누구도 건드릴 수 없는 권력 위의 권력.

엘리트 중의 엘리트만이 갈 수 있다는 꿈의 부서!

같은 검사라도 특수부 검사라는 지위는 남달랐다.

정치권의 비리사건를 담당하는만큼 그들이 가진 힘은 대한민국 최고라고 해도 과언이 아니다.

두산그룹 비자금의혹 사건, 효성그룹 횡령?배임의혹 사건, 포스코건설 비자금의혹 사건 등등.

'지금까지 세간을 떠들썩하게 했던 굵직한 사건들의 수사는 죄다 특수부 몫이었어.'

그것뿐만이 아니다.

얼마 전 대검 중수부(대검찰청 중앙수사부)가 폐지되면서 서울중앙지검 특수부는 실질적인 비리수사권을 독점하게 되었다.(작가주: 실제 중수부 폐지는 2013년 12월이지만 본 소설에서는 2010년에 폐지된 것으로 하겠습니다.)

대검 반부패부로 재배당되는 경우에도 지휘권만 이전될뿐 수사는 특수부가 맡아서 한다.

'내가 특수부 검사가 되다니.'

유생은 자신이 특수부 검사가 되었다는 사실이 솔직히 믿기지 않았다. 늦은 나이에 임관할 수 있었던 것만으로도 충분히 운이 좋다고 생각했다.

학연, 지연도 없이 첫 부임지가 서울중앙지검 강력부라는 것도 그에겐 과분한 지위.

1년도 되지 않아 특수부로 발령났다는 것은 개천에 있던 물고기가 용이 되어 승천한 것과 같은 격이었다.

'이제 난 특수부 검사야.'

유생의 입가에 웃음이 번졌다. 급기야는 이상한 웃음소리를 흘리기까지 했다.

"헤헤헤…."

"오빠!"

화들짝 놀라 옆을 보니 은지가 묘한 표정으로 보고 있다. 은지는 유생의 팔을 꼭 잡으며 말했다.

"뭘 그렇게 웃고 있어요? 준비는 다 되었어요? 이제 식이 시작된단 말예요."

"아. 그, 그래?"

그들이 있는 곳은 태수의 결혼식장.

시간은 어느덧 오후 6시 정각을 가리키고 있었다.

'이제 시작되겠군.'

식장은 사람들로 북적거렸다.

태수의 오랜 친구들과 후배들.

그들은 대부분 법조계 인사들이었다. 대형 로펌 대표 변호사들과 법대 교수 등등, 이름만 대면 한번에 알만한 사람들이 수두룩 했다.

대법원장을 비롯해 대법관들, 검찰총장과 서울지검의 검사장들과 부장검사들도 있었다. 심지어는 헌법재판소 재판관들도 몇몇 얼굴을 보였다.

유생은 침을 꿀꺽 삼켰다. 나름 매스컴에 알려지긴 했지만 이들 앞에서는 햇병아리일 뿐.

'실수 하면 안될텐데.'

며칠 전 유생은 태수의 부탁을 받았다.

– 유생아, 부탁이 하나 있어.

– 뭔데요?

– 축배사를 맡아 줬으면 해.

– 네? 그걸 제가 어떻게 해요. 거기 오시는 분들이 장난 아닐 텐데….

– 그러니까 네가 해 줬으면 좋겠다는 거야.

– 저 말고 훌륭하신 분들이 많잖아요. 그분들 앞에서 제가 어떻게….

– 부탁이다. 너 말고 다른 사람이 한다면 내 결혼식이 너무 평범해 질 것 같아.

거절할 수 없는 제안.

'결혼식이 평범해질 것 같다.'는 말에 유생은 차마 거절할 수 없었다.

'에휴… 이왕 하기로 한 이상 잘해야 할 텐데.'

주례사 후 축배를 제안하는 간단한 일이었지만 큰 부담감이 느껴졌다. 한번도 해 본 적 없는 일이었기에 전날밤은지와 함께 인터넷을 뒤져가며 대본을 적었다.

잔뜩 긴장한 가운데 사회자의 목소리가 들려오기 시작했다.

─ 지금부터 신랑 김태수 군과 신부 민수연 양의 결혼식을 시작하겠습니다. 하객 여러분들은 잠시 정숙해 주시길 바라겠습니다. 먼저 결혼식의 주인공인 신랑 김태수 군의 입장이 있겠습니다. 신랑 입장.

유생은 카페트 위를 걸어나오는 태수를 바라보았다.

말끔한 턱시도를 입은 태수.

어느 때보다도 늠름하고 듬직한 모습이었지만 후덕한 웃음은 여느 때와 마찬가지였다.

그 웃음을 보자 뭉클한 감정이 차 올랐다.

'이 모든 건 태수 형을 만나서부터였지?'

4년전, 성심 고시원에서의 우연한 만남.

그게 아니었다면 유생은 아직도 고시원 총무로 남아있을지도 모른다.

'그것 뿐만이 아니야.'

1년만에 사법시험을 합격했던 것도, 맛집을 찾아다니게 된 것도 모두 태수 덕분.

연수원을 거쳐 지금에 이르기까지 태수는 유생의 든든한 버팀목이었다.

'고마워요. 형.'

유생은 진심을 담아 박수치기 시작했다.

곧 팡파레가 울렸고, 그렇게 태수의 결혼식이 시작되었다.

◇

결혼식은 한창 유행한다는 뮤지컬식으로 진행되었다.

주용호 서울대 총장의 지루한 주례사가 끝나고, 뮤지컬 '지킬 앤 하이드'의 삽입곡 '지금 이 순간'이 울려퍼지며 축가가 시작되었다.

…지금 이 순간 마법처럼

날 묶어왔던 사슬을 벗어던진다.

지금 내겐 확신만 있을 뿐

:Legal Mind

남은 건 이제 승리뿐….

배우들의 열창에 하객들은 감탄을 거듭했다.

힘있고 호소력 짙은 목소리에 진심이 담겨 있는 몸짓.

노래가 진행될 수록 모두는 눈을 떼지 못했다. 특히 여성들은 그 모습에 완전히 반한 듯했다.

은지 역시도 눈망울을 빛내며 집중하고 있었다.

"우와… 멋있다."

허나 유생은 고개를 갸웃했다.

'사슬? 승리?'

얼핏 들으면 사랑하는 여인을 쟁취하기 위한 가사인듯 했지만 묘하게 달랐다.

뭔가 이상한 뉘앙스가 섞여 있었던 것.

유생의 의심은 노래가 이어지면서 더욱 짙어졌다.

…그 많았던 비난과 고난을

떨치고 일어서 세상으로 부딪혀 맞설 뿐

지금 이 순간, 내 모든걸

내 육신마저 내 영혼마저 다 걸고

던지리라. 바치리라.

애타게 찾던 절실한 소원을 위해….

모든 이들이 눈을 감고 축가에 열중하고 있을 때 유생의 머릿속은 전쟁을 벌이고 있었다.

'육신과 영혼을 던지고 바치는 것까진 이해할 수 있겠어. 그만큼 사랑한다는 걸 표현한다는 거니까. 하지만 비난과 고난을 떨치고 일어선다니… 어떤 상황에서 그런 생각을 할 수가 있지?'

뮤지컬 '지킬앤하이드'를 보지 않은 유생으로선 이 노래의 배경을 추측하기 힘들었다.

'비난과 고난을 받는 상황이라… 결혼식에 축가로 불릴 만한 곡이니 분명 이건 사랑을 노래하는 곡일 테고. 그렇다면 어떤 상황에서 비난을 받을 수 있는 것일까?'

당연히 축복받아야 할 사랑과 결혼이 비난을 받기 위한 조건들.

유생은 평소 버릇대로 면밀히 분석하기 시작했다.

'혹시 계급 간의 금지된 사랑을 이야기하는 건가? 남자는 노예이고 귀족인 여성을 사랑하는 경우처럼. 아니면 사랑 자체가 금기시 되는 경우일 수도 있어. 이를테면 아버지와 딸의 관계나 동성동본의 혼인같은.'

유생은 나름의 추측을 계속해 나갔지만 곧 도리질을 했다.

그런 사랑은 주인공의 간절한 바램으로 이뤄진다고 해도 축복받기 힘들다. 그런 내용의 노래가 결혼식 축가로 불리워진다는 건 아무래도 말이 안된다.

'도대체 이 노래의 정체는 뭘까?'

유생의 의문은 노래 막바지에 이르자 더욱 깊어만 갔다.

…지금 이 순간, 나만의 길

당신이 나를 버리고 저주하여도

내 마음 속 깊이 간직한 꿈

간절한 기도, 절실한 기도,

신이여 허락하소서!

온몸이 쩌릿해 질 정도로 강렬한 느낌.

허나 유생의 의문은 풀리지 않았다.

"헐… 저주라니… 가사가 살벌한데."

유생은 설레설레 고개를 저었지만 은지의 반응은 여전했다.

"너무 멋져요!"

"아무리 들어봐도 러브송은 아닌거 같은데…."

유생이 중얼거리자 은지가 톡 쏘아붙였다.

"아니긴 뭐가 아니에요. 한 여자와 사랑을 이루기 위해서 신께 기도하는 내용이잖아요. 얼마나 멋있어!"

이미 은지는 분위기와 가사를 적절히 섞어서 이해한 상황.

축가를 마친 배우가 멋진 몸짓으로 다가가 태수에게 꽃

다발을 전달하자 은지는 폴짝거리며 박수를 쳤다.

이어서 그녀는 반짝거리는 눈으로 유생을 보며 말했다.

"우리도 나중에 이렇게 해요."

"그, 그래. 그러자."

지금까지 한번도 생각해본 적 없던 결혼이 이제 막 유생의 가슴속에 비집고 들어간 순간이었다.

이어진 순서는 케익 커팅과 축배사.

유생의 축배사는 어이없이 간단하게 끝나버렸다.

사회자의 축배사 요청에 당황한 나머지 메모를 잃어버렸던 것.

머릿속이 백지가 되어버린 유생이 할 수 있었던 말은 단한 마디 뿐이었다.

"신랑과 신부의 행복을 위하여!"

◇

예식이 끝난 후엔 사진을 찍었다.

어마어마한 수의 하객 덕분에 세 차례에 나눠 찍은 기념사진.

수연의 배려로 은지가 부캐를 받을 수 있었다.

그 후에 이어진 피로연.

한지연, 문진수와 함께 한 테이블에 앉은 유생과 은지는 복도에 준비된 음식들을 가져와 음식을 먹으며 이야기를 나누었다.

과거 유생의 상관이었던 한지연이 끼면서 어색할 수 있었던 자리는 유생이 꺼낸 주제 덕분에 부드러워졌다.

"오늘 축가는 뮤지컬 '지킬 앤 하이드'의 삽입곡이야. 지킬 박사가 인간의 악한 본성을 잠재울 수 있는 약을 개발하는데 아무도 지원해 주지 않자, 결국 자신이 직접 실험하거든. '지금 이 순간'은 그때 부른 노래야."

"역시. 내 예감이 맞았어."

한지연의 설명에 유생은 고개를 끄덕이며 말을 이었다.

"어쩐지 단어들이 좀 과격하더라구요. 비난과 고난이라든지… 저주, 승리라는 말도 그렇고. 내가 듣기엔 사랑 노래라고 하기엔 좀 이상했어요."

그때 은지가 반론을 펼쳤다.

"하지만 사랑 노래로도 별 무리가 없던데요. 제가 듣기엔 간절히 원하는 여자와 사랑이 이뤄질 수 있게 신께 기도하는 내용처럼 들렸다구요."

"맞아."

한지연이 고개를 끄덕이며 맞장구쳤다.

"바로 그런 점 때문에 축가로 사용되는 것일 테지. 하지만…."

한지연은 문진수가 말아놓은 쏘맥을 주욱 한잔 들이키
고는 가는 실눈으로 유생을 쏘아보며 말을 이었다.

"가장 큰 문제는 신 검사에게 있어."

"예? 제, 제가 뭘요?"

놀라는 유생을 보며 한지연은 말을 이었다.

"오늘 축가가 어디서 나오는 노래인지도 몰랐다면 문제
가 있는거야. 이게 얼마나 유명한 노랜데. 여자친구도 있
으면서 이걸 모른다는 건 범죄나 마찬가지야!"

"맞아요!"

든든한 지원군이 생긴 은지가 기세등등하게 맞장구쳤
다.

"저도 얼마나 보고 싶었는데! 근데 맨날 가자고 하면 시
간 없다고 한다구요."

기승전 남친욕.

여성들의 전형적인 화법이 나오는 순간이었다. 여성이
둘 이상 모인 곳엔 가지 말라고 했던가.

유생은 아차 싶은 생각에 애써 변명을 했다.

"하지만 시간이 진짜 없는데…."

"어디서 시간 타령이야? 여기 검사 한두명인 줄 알아?
남들이 시키지 않는 것까지도 하니까 그렇지. 혼자서 암만
그렇게 열심히 해 봤자 누가 알아준다고. 여자친구한테 뮤
지컬 한번 보여주는 것만 못하다니까."

301

:Legal Mind

한지연의 지적은 숨이 막힐만큼 따끔했다. 직장 상사의 지적인 만큼 어설픈 변명은 통하지도 않았다.

"맞아요! 뮤지컬은 커녕 영화볼 시간도 없다니까요? 그게 말이 되요? 내가 지금까지 말을 안하고 있었지만…."

은지의 불평이 쏟아지기 시작했다.

그간 서운했던 일들을 하나도 빼놓지 않고 늘어놓는 은지.

유생이 무어라 말을 잇지 못하는 사이 문진수가 입을 열었다.

"이거, 날고 긴다는 천하의 유생 형님이 여기선 아주 맥을 못추네요. 전 지금까지 이런 모습 처음 봅니다."

"야아. 그게 아니라구."

그제서야 은지도 빙긋 웃으며 말했다.

"쌤통이네. 그르게 평소에 좀 여자친구한테 잘하면 이런 일도 없잖아요."

"이렇게 참한 여자친구가 있는데 지금까지 소개도 안시키다니. 오늘 만난 김에 우리 신 검사 버릇 좀 고쳐놔야 겠군."

한지연의 으름장.

벌써부터 취한 탓인지 그녀의 말투는 억세어져 있었다.

"아, 그런게 아니에요."

"아니긴, 뭐가 아니에욧!"

은지와 유생이 다시 티격태격할 무렵 한 곳을 바라보던 한지연의 눈매가 다시 가늘어졌다.

"어? 저 여자도 왔네?"

모두들 돌아보니 연분홍색의 옷을 입은 한 여자가 여러 사람들과 악수를 나누고 있었다.

대법관들과 헌법재판소 재판관 등 유명인들과 인사를 나누는 그녀의 가슴 한곳에는 무궁화 모양의 금빛 배찌가 빛나고 있었다.

꽤나 먼 곳에 있었지만 한지연은 그녀가 누군지 아는 듯했다.

"관악 갑구 국회의원 이수정."

'이수정?'

뜻밖의 이름에 유생도 안력을 돋우워 그녀를 보았고, 그 순간 둘의 눈이 마주쳤다.

두근.

묘한 감정이 유생의 마음속에 스며 들어왔다. 그리고 유생을 본 이수정은 똑바로 그에게 다가오고 있었다.

'왜, 왜지? 왜 나에게…'

지금까지 한번도 느껴본 적 없는 강렬한 느낌이 유생의 온 몸을 훑고 지나갔다.

그 순간 이수정은 유생의 바로 앞에 와 섰다.

◇

직접 만난 이수정의 모습은 사진이나 TV에서 볼 때와는
전혀 달랐다.

귀밑까지 내려오는 단발머리에 화장기 없는 얼굴.

목걸이나 귀걸이 같은 악세사리는 하나도 걸치지 않았
음에도 눈길이 가는 외모였다.

옅은 분홍색 톤의 옷차림도 화사하다기 보다는 오히려
단정한 분위기.

'여대생 같은 느낌인가? 아냐, 뭔가 조금 달라.'

그녀의 주위에선 묘한 분위기가 풍겼다.

연예인들에게서 볼 수 있는 화사함은 아니지만 사람의
시선을 끄는 뭔가가 있었다.

콕 꼬집어 설명하긴 힘들었지만 그것은 유생이 지금까
지 만나본 이들과는 확실하게 구별되는 것이었다.

어색하게 보고 있는 유생에게 그녀가 말을 던졌다.

"신유생 검사님이시죠?"

여성 치고는 굵고 낮은 목소리.

조금 느린 듯한 말투 덕분에 단어 하나하나가 더욱 또렷
하게 들린다.

"아, 네."

유생이 끄덕이자 이수정은 생긋 웃으며 인사했다.

"반갑습니다. 국회의원 이수정입니다."

"신유생입니다."

유생도 일어나 가볍게 목례하자 그녀는 환한 미소를 지으며 입을 열었다.

"여기서 검사님을 뵙다니! 오늘 운이 좋은가 봐요."

"네? 제가 뭐라고 그런 말씀을…."

"요새 검사님 모르는 사람이 어딨어요. TV는 물론이고 신문에서도 검사님 이야기 뿐인데."

"아, 그런가요."

이야기는 자연스럽게 흘러갔다.

몇마디 나누지도 않았는데 유생의 입가에는 어느새 미소가 걸려 있었다.

왜인지 모르겠지만 그녀와 대화를 하다보니 마음이 편해지기 시작했다. 마치 오래 전부터 알고 지내던 사람처럼.

이수정은 활짝 웃으며 말을 이었다.

"사실 저 검사님 팬이에요. 예전 연수원에서 했던 모의재판 때부터 검사님 공개변론은 하나도 빼놓지 않고 봤답니다. 지난 공개재판 때는 저도 얼마나 응원했는지 몰라요."

:Legal Mind

이수정의 말은 농담이 아니었다.

그녀는 진짜 유생의 팬처럼 과거 그가 했던 변론들 중 기억에 남는 장면들을 늘어 놓기 시작했다.

정당방위에 대한 판례부터 일제강제징용사건에 대한 생각들. 그리고 전관예우라는 폐단에 대한 것까지.

그녀는 진짜 관심이 있지 않다면 알 수 없는 것들 조차도 알고 있었다.

"결국 신종호는 무기징역형이 확정되고, 이경찬 전 부장검사는 대검 반부패부로 넘어가 여죄(餘罪: 남아있는 다른 죄)에 대한 수사를 받게 되었다면서요?"

"네. 결국 그렇게 되었습니다."

"그건 법조계에 있어서 혁명이었어요. 친한 재벌들과 내부인들에게 솜방망이 처벌만을 해 온 우리나라 법조계에선 말도 안되는 일이거든요."

거듭되는 칭찬에 유생은 애써 고개를 저었다.

"좋게 생각해 주셔서 감사합니다만 그리 대단한 것은 아니에요. 저는 원칙대로 했을 뿐이고, 그것은 우리나라 검사라면 누구든 할 수 있었던 것입니다."

"아니에요."

이수정은 고개를 저었다.

"이미 그것은 당연한 관행처럼 되어버린 것들이에요. 검사님이 아니었으면 이 나라에선 결코 꿈도 꿀 수 없는 일이었습니다."

다시 고개를 저으려던 유생은 그러지 못했다. 이수정과 똑바로 눈이 마주쳤기 때문이었다.

밤하늘처럼 검고 깊은 눈동자.

어느새 웃음이 가신 그녀의 눈빛에는 진심이 담겨 있었다.

그리고 그녀의 눈을 보는 순간, 유생에게 변화가 생겼다.

두근.

갑자기 요동치기 시작한 가슴.

그 거센 박동은 점점 빨라지기 시작했다. 그와 함께 그녀의 눈 속으로 빨려들어가는 듯한 착각도 들었다.

'뭐지 이건? 왜 이런 느낌이….'

생각은 이어지지 못했다.

눈 앞이 캄캄해지면서 귓가에서 환청 같은 것이 들려오기 시작했다.

– 난 할 수 있어. 그런 건 아무것도 아니야.

– 걱정하지 마. 이것만 끝나면 모든 게 좋아질 거니까….

307

:Legal Mind

장태현의 목소리.

처음엔 그의 목소리만이 들려왔으나 곧 다른 목소리도 섞여들어오기 시작했다.

– …그러면 안 돼.

– 안되긴. 매우 간단한 일이라고. 지금까지 내가 해 온 것과 전혀 다르지 않아.

– 그런 문제가 아니잖아.

– 아니긴 뭐가 아니라고 그래?

– 아니야. 아니라고!

장태현과 한 여성과의 대화.

대화가 이어질수록 목소리는 분명해져갔고, 곧 유생은 그 목소리가 누구의 것인지 알 수 있었다.

'이 목소리는….'

그때 다시 목소리가 들려왔다. 그것은 현실의 목소리였다.

"이수정 의원님! 이렇게 만나뵙게 되어서 영광입니다."

문진수의 우렁한 목소리.

지금까지 잠자코 있던 진수는 자리에서 벌떡 일어서서 꾸벅 인사하고는 이수정이 내민 손을 잡으며 말을 이었다.

"전 의원님 팬입니다. 지난 회기때 단상에 나와서 하셨던 '편중된 부가 재분배되지 않으면 이 나라의 미래는 없다.' 는 말씀에 완전 공감하고 있습니다."

진수의 얼굴은 벌게져 있었다.

흥분을 억누르려 술을 마신 탓인지 그의 앞엔 소주 한병이 전부 비워져 있었다.

그럼에도 진수는 뻣뻣한 자세로 말을 이어갔다.

"이번에 발의하신 최저임금 인상과 법인세 인상에 대한 법안도 저는 찬성이에요. 올해가 가기 전에 꼭 통과되길 진심으로 기원하겠습니다."

딱딱한 말투에 어색한 목소리.

평소 아는 이들에겐 그런 진수의 모습은 처음이었다.

그것을 아는지 모르는지 이수정은 웃으면서 대답했다.

"너무 감사드려요, 변호사님. 앞으로도 응원 많이 해주세요."

"다, 당연히 해야지요."

뻣뻣하게 웃고 있는 진수와 식사하고 있는 한지연, 휴대폰 메시지를 확인하고 있는 은지와 아직도 얼떨떨한 표정의 유생을 차례로 둘러본 이수정이 입을 열었다.

"제가 시간을 너무 뺏었네요. 식사도 못하시고."

다시 유생과 눈을 마주친 그녀는 인사하며 말했다.

"이만 저는 가볼께요."

:Legal Mind

"그러시겠어요?"

"언제 한번 찾아뵐께요. 이번에 특수부로 발령나신 거 맞으시죠?"

"맞습니다."

유생이 끄덕이자 이수정은 그에게만 들리는 소리로 말했다.

"꼭 한번 찾아갈께요."

이수정은 모두에게 다시 한번 인사한 다음 자리를 이동했다.

그녀가 멀어지자 진수가 아쉬운 목소리로 입을 열었다.

"아… 맞다. 싸인이라도 해달라고 하는건데."

"싸인은 무슨. 저런 여자가 뭐가 대단하다고 싸인까지 받을려구 그래?"

한지연이 핀잔을 주자 진수가 펄쩍 뛰었다.

"아니에요, 저분 진짜 대단한 분이에요. 여당에서 경제 활성화를 명목으로 법인세를 인하하자는 주장을 내세웠을 때 가장 먼저 발 벗고 나선 분이라구요."

"법인세 인상은 저 여자 말고도 야당 전부가 다 떠들고 있던데 뭘."

"것뿐만이 아니라니까요. 그러니까… 아… 기억이 잘 안 나는데. 그… 이 시대에 살아있는 마지막 양심이랄까요? 여튼 현직 정치인 중에서 저분처럼 청렴한 분도…."

"너."

한지연은 피식 웃으면서 어렵게 설명을 이어가는 진수의 말을 끊었다.

"이쁘니까 그러는 거지?"

"!"

한지연의 추궁에 진수는 말문이 막혔고, 옆에 있던 은지가 거들었다.

"실망이다. 정말 그런 거야?"

"아, 아니야. 그런 거 아니래두."

진수는 부인했지만 상황을 돌이키기엔 이미 늦었다.

그의 벌게진 얼굴빛은 그가 어떤 변명을 해도 속일 수 없는 사실이었으니.

모두들 한바탕 웃고 난 뒤 한지연이 입을 열었다.

"정치인은 다 똑같아. 청렴은 무슨 얼어죽을 놈의 청렴이야?"

"그래도 그분만한 사람이 없어요."

기어들어가는 진수의 말에 한지연은 고개를 저었다.

"순진하긴. 속지 마. 다 거짓말이야. 저 여자 선거 때 뒷돈 받은거 드러난 거 몰라?"

:Legal Mind

"설마요. 청렴하면 이수정, 이수정하면 청렴인데. 안그래요, 형님?"

진수는 아무래도 못믿겠다는 표정으로 유생에게 물었다. 허나 유생은 고개를 저었다.

"한 선배 말은 사실이야."

"네?"

"그 사건 파일, 내가 직접 봤거든."

진수의 얼굴이 놀라움으로 번지고 있는 사이 다시 한지연이 말을 이었다.

"그것뿐인 줄 알아? 법인세 인상이니 최저임금 인상이니 하는 건 다 믿는 구석이 있으니까 저러는 거야. 겉으로는 고상한 척 해도 든든한 빽까지 있다고."

"믿는 구석이라뇨? 그게 무슨 말씀이세요?"

진수의 물음에 한지연은 기가 막히다는 얼굴로 말했다.

"너 아직 몰랐어? 저 여자. 장태현의 여자야."

그 말을 듣는 순간 유생의 얼굴도 점차 진수처럼 변해갔다.

◇

월요일 오전 6시.

새벽같이 출근한 유생은 사건 파일을 검토하기 시작했다.

'18대 국회의원 이수정이라…'

2008년, 서른 이라는 나이로 관악 갑구에서 당선된 그녀는 당시 최연소 지역구 국회의원으로 화제가 되었다.

하지만 당선 이후 그녀는 크게 눈에 띄지 않았다.

각종 정책을 내세우고 싸우면서 생색내는 이들과는 달리 그녀의 활동은 조용했다.

그녀의 활동이 두드러지기 시작한 것은 여당과 야당이 경제활성화를 명목으로 법인세와 상속세를 인하한다는 방침에 합의했다고 발표할 때였다.

'이때 이수정은 강하게 반발했어. 사람들을 모아 집회를 열고 시위까지 했을 정도니까.'

국회 앞에서 10여명으로 시작한 시위는 쉽지 않았다.

이해를 떠나 아무도 그녀가 무슨 말을 하는지 관심조차 갖지 않았다.

그럼에도 그녀는 포기하지 않았다. 그녀는 법인세, 상속세를 인하한다고 경제가 활성화 되지 않는다는 사실을 최대한 알기 쉽게 적어 전단으로 만들어 끊임없이 배포했다.

취재하러 온 기자들은 물론이고 시민들, 심지어는 어린아이들에게까지 설명을 그치지 않았다.

그렇게 3개월이 지난 후.

드디어 그녀의 노력이 성과를 보이기 시작했다. TV토론회에 정식으로 초청받은 것이다.

토론회에 참석한 그녀는 누구보다도 풍부한 자료들과 합리적인 근거를 가지고 주장을 펼쳤다.

또한 여당과 야당이 합의한 내용이 얼마나 터무니 없는 내용인지를 강하게 어필했다.

'그때부터였어. 이수정이라는 이름이 알려진 것은.'

그녀의 지속적인 설득과 설명에 여론은 움직였고, 결국 법안은 파기 되었다.

"후우…."

당선 후 3년 동안 이수정의 행적을 모두 훑어본 유생은 바로 옆에 놓인 사건 자료를 보며 한숨을 길게 내쉬었다.

정치인이 선거당시 불법 선거 자금을 받았다는 단순한 사건. 허나 조사를 할수록 뭔가가 맞지 않았다.

'지금까지 이수정의 행동에는 이익이나 인기를 도모하려는 의도가 보이지 않아.'

게다가 법인세와 상속세 인하에 반대하는 것은 명백히 기업의 이익에 반하는 행위.

그런 그녀가 선거자금으로 기업에게 뒷돈을 받았다는 것은 도무지 이해가 되질 않았다.

'그것뿐만이 아니야.'

의문스러운 점은 또 있었다.

지난 번 동기화된 클라우드 서버에서 확인한 이경찬의 통화 녹취록.

거기에서 윗선은 분명하게 이 사건을 짚었다.

'그들은 이 사건을 처리해주길 바랬어. 선거사범으로 징역 2년. 정말 이것을 원한 걸까?'

어차피 2년을 구형한다고 해도 재판부는 벌금형을 낼 것이 뻔하다. 이수정의 정치생명을 위협하기 위한 목적이라면 검찰이 아니라 재판부에 청탁을 넣었어야 했다.

그리고 지난 밤부터 뇌리에서 잊혀지지 않는 것이 있었다.

'장태현의 여자.'

거기에 어제 이수정과 만나면서 보았던 환영이 겹쳐지자 유생은 암흑 속으로 빠져들어가는 것만 같았다.

'도저히 일어날 수 없는 사건에 말도 안되는 청탁. 거기에 불패의 변호사 장태현의 여자.'

몇번을 다시 생각해봤지만 답이 나오지 않았다.

'이 사건…. 도대체 뭐가 있는 거지?'

한창 생각에 잠겨있을 때였다.

8시를 알리는 벨소리가 들려왔다. 회의시간을 알리는 소리.

"일단 가봐야겠군."

유생은 자리에서 일어났다.

특수부에 부임된 첫날 회의시간에 늦을 수는 없었다.

:Legal Mind

◇

서울중앙지검 특별수사 제4부.

2011년 12월, 부장검사 차영욱의 부임과 함께 신설된 이 부서에는 아직 많은 검사들이 배치되진 않았다. (작가 주: 실제 특수4부는 2013년 11월에 신설됩니다.)

또한 건물 최상층부에서 한층 전부를 사용하고 있는 특수 1,2,3부와는 달리 특수4부는 3층의 한 구석에 위치해 있었다.

책상 하나에 원탁 하나만 달랑 놓여 있는 회의실.

몇 안되는 수사관들과 검사들 앞에 선 차영욱은 자못 근엄한 표정으로 입을 열었다.

"지금은 경제활성화에 대한 국민들의 열망이 그 어느 때 보다도 절실한 시기야. 정부는 수많은 산업지원정책을 내놓았고, 그에 따라 비리사건의 규모 역시 커지게 되었지."

차영욱은 원탁에 앉아 있는 검사들을 바라보았다.

유생을 포함한 네 명의 검사들.

비록 적은 수였지만 그들은 모두 3년 이상의 경력에 누구나 인정하는 엘리트들이었다.

차영욱은 그들의 눈을 일일이 마주치며 말을 이어갔다.

"우리 특수 4부가 설치된 이유는 바로 거기에 있네. 한층 규모가 커진 국가의 지원금을 마치 눈 먼 돈이라 생각하고 빨아먹는 이들을 막는 것! 그것이 우리 특수 4부가 할 일이네."

차영욱은 왼편에 앉아 있는 여성 검사를 보며 물었다.

"임영신 검사. 지난 주에 인지한 중소기업청 보조금 비리 사건은 어떻게 되었지?"

금테 안경에 머리를 길게 묶어내린 임영신 검사.

찔러도 피 한방울 나올 것 같지 않은 냉철한 인상의 그녀는 준비해 온 서류를 보며 대답했다.

"중소기업청으로부터 회신 받은 자료를 분석해 보니 수상한 정황이 있는 기업 하나를 더 발견했습니다."

"거기가 어디지?"

임영신 검사는 자신의 노트북을 돌려 차영욱에게 보여주며 말을 이었다.

"주식회사 엠씨는 작년 연구소 설립명목으로 총 3억원을 받아갔습니다. 허나 조사 결과 연구소 명목으로 설립된 건물은 시설공장과 제법 떨어진 곳에 위치해 있었고, 지금은 업주의 자택으로 쓰여지고 있었습니다."

그녀는 그동안 조사했던 자료들을 꺼내어 보여주었다.

지열발전기술을 가지고 사업을 하고 있는 주식회사 엠씨.

:Legal Mind

그들의 기술은 국제특허를 출원하면서 해외의 유명 기술인증단체로부터 주목 받았다.

허나 아직까진 효율이 좋지 못해 설비를 직접 수출할 수 없는 상황이 되자 연간 1억 5천만원씩 지원받을 수 있는 국가지원사업을 신청한 것.

"당시엔 제법 유망한 기업이었는데 왜 이런 짓을…."

차영욱이 혀를 차자 임영신이 다음 화면을 보여주며 대답했다.

"2년 전 국가지원사업 신청을 한 이후에 핵심 기술자 몇 명이 해외 업체로 스카웃된 모양입니다. 이를 대가로 해당 기술자는 물론 사장에게도 커미션이 돌아간 모양이구요."

사장이 받은 금액은 약 30억원.

어떻게 보면 큰 돈이었지만 기술이 상용화되었을 때의 추정가치에 비한다면 너무나도 적은 금액이다.

"그 말은 지금의 엠씨는 껍데기만 남았다는 거로군."

"네. 아마도 올해까지 지원금을 모두 받고 나면 사업을 처분하려고 했던 것 같습니다."

"흠…."

차영욱의 낮은 신음소리와 함께 회의실에 무거운 공기가 감돌기 시작했다.

임영신의 보고는 단지 보조금을 횡령한 문제만이 아니었다. 유망한 사업기술이 돌파구를 찾지 못해 해외로 빼돌려지는 것은 분명 씁쓸한 이야기였다.

차영욱은 한숨을 푸욱 한번 더 내쉬고는 입을 열었다.

"알았네. 일단 임검사는 그밖에도 지원금을 유용하거나 횡령한 기업들을 색출해주길 바라네. 그리고 김준석 검사는 어떻게 되었지?"

"네."

김준석 검사는 임영신 옆에 앉은 덩치가 큰 자였다. 그는 굵직한 목소리로 말을 이었다.

"지난 주 수상한 정황이 포착되었던 업체들을 조사한 결과 허위견적서를 제출하거나 연구장비 납품 단가를 지나치게 높게 제출하여 보조금을 받은 7개 업체를 색출했습니다.

그들이 제출한 영수증과 시중 단가를 비교해보니 적게는 30% 많게는 70% 가까이 과다계상되어 있었습니다."

"좋아. 바로 영장청구 할 테니 보고서 올리도록 하게."

"넵."

검찰에서 내로라하는 엘리트들답게 일처리는 빠르고 정확했다. 또한 차영욱의 판단과 결정은 보고를 받는 순간 바로 이뤄졌다. 마치 1분 1초를 아끼려는 듯.

과거 이경찬 밑에 있을 당시와는 전혀 다른 분위기였다.

쓸데없는 일로 문책하거나 여유롭게 농담 따먹기를 하던 당시와는 달리 차영욱은 효율과 실무 중심의 회의를 진행해 나갔다.

유생은 사뭇 달라진 회의 분위기에 감탄했다.

'이것이 특수부인가?'

검찰의 꽃이라 불리우는 서울중앙지검 특수부.

유생은 이제 자신이 그곳에 속해있다는 사실만으로 흥분되었다. 게다가 함께하는 동료들도 모두 예사롭지 않은 이들이었다.

'임영신 검사는 준비가 꼼꼼한 사람이야. 아침 회의 보고를 위해서 자료를 저만큼이나 준비해 오다니.

그리고 김준석 검사는 순한 인상에 덩치가 커서 둔할 것 같았는데 완전히 잘못 생각했어. 이 자는 핵심을 찌르는 능력이 뛰어나.'

보고를 듣는 것만으로도 유생은 그들의 특성을 알 수 있었다. 또한 특수부의 분위기도 짐작할 수 있었다.

'이곳은 인지부서. 뭔가 수상한 단서를 찾으면 바로 보고하면 되는 거군.'

과거 경찰이나 타부서에서 배당한 사건들을 처리했던 것과는 전혀 다른 방식이었다.

'이제 이 녀석의 능력이 궁금해 지는데?'

유생은 자신의 옆에 앉아 있는 동료 검사를 바라보았다.

검은색 실테 안경을 쓴 남자. 조금 마른 체형에 유약해 보이긴 했지만 그 눈빛 만큼은 누구보다도 빛나고 있다.

차영욱은 그를 보며 입을 열었다.

"남우연 검사는 어떻게 되었나? 지난주에 새로운 비리 사건의 단서를 찾은 것 같다고 하지 않았나?"

"네."

또렷하고 자신있는 목소리.

남우연이 안경을 한번 치켜올리며 입을 열었다.

"지난주 한 여성단체에서 찾은 실마리로 조사해보니 국립대학교수가 자신의 연구실 내에서 제자인 여학생을 성추행한 정황을 포착했습니다."

'엥?'

뭔가 핀트가 맞지 않는 보고.

국가지원금과 관련된 비리 사건을 인지하는 것이 특수4부의 임무였다.

허나 남우연의 보고는 국립대학교 교수의 성추행에 관한 것.

'아무리 생각해도 이건 우리 사건이 아닌데…'

유생은 고개를 갸웃했다.

뭔가 새로운 이야기가 덧붙여지지 않는다면 남우연의 사건은 그저 형사부에 배당될 만한 사건이다.

허나 남우연의 보고는 더이상 이어지지 않았다.

:Legal Mind

게다가 더욱 놀라운 것은 남우연은 눈빛을 날카롭게 빛내고 있다는 것.

'헐. 이 녀석 자기가 뭘 잘못했는지 모르는거야?'

잠시 침묵이 흘렀다.

차영욱은 팔짱을 끼며 그에게 물었다.

"그래서?"

"네?"

"그래서 그게 어쨌다는 건가?"

차영욱의 질문에도 남우연은 자신이 무슨 잘못을 했는지 못알아듣고 있었다.

"다, 당연히 수사를 진행해야하지 않겠습니까? 국립대학 교수가 제자를 성추행했다는데 당장 체포영장을 발부받아서 수사를 해야지요."

다시 침묵이 흘렀다. 그 침묵 속에는 한숨이 섞여 있었다.

부장검사 차영욱 뿐만 아니라 다른 검사들, 그리고 수사관들까지도.

잠시 후 차영욱이 입을 열었다.

"남 검사. 그 건은 형사부 조사과에서 할만한 일이네. 우리는 국가 비리 사건, 그 중에서도 보조금 관련사건에 주력하고 있고."

"아."

그제서야 고개를 끄덕이는 남우연.

그는 잠시 생각하는 듯 하더니 불쑥 입을 열었다.

"그래도 수사를 해보는 게 좋지 않을까요? 그 교수가 비리를 저질렀을 수도 있잖아요?"

모든 이들을 얼어붙게 만드는 질문.

그 순간 유생은 남우연의 정체를 알 수 있었다.

'폭탄이군. 도저히 구제할 수 없는….'

마치 유생의 생각에 동의하듯 회의실의 모든 이들은 고개를 설레설레 젓고 있었다.

◇

회의가 끝난 뒤 유생과 둘만 남게 된 차영욱은 한숨을 길게 내쉬었다.

"어휴… 앞날이 캄캄하구만."

"그래도 임영신 검사와 김준석 검사는 유능해 보이던데요."

"그들은 유능하지. 하지만 우린 신생부서야."

차영욱은 진지한 표정으로 유생을 바라보며 말을 이었다.

"비록 특수부 타이틀을 달고는 있지만 최대한 빨리 실적을 내지 못한다면 사라질 지도 모른다고. 이런 상황에서 남우연 같은 놈이 발목 잡기 시작하면 아주 골치 아파."

323

:Legal Mind

유생은 차영욱의 마음을 알만했다.

10년이 넘도록 지방에서 돌다가 특수부 부장으로 승진해 온 그에겐 이번 기회는 더없이 중요할 터.

그런 마당에 남우연 같은 폭탄이 초기 멤버라면 답답할 만도 했다.

유생은 빙긋 웃으며 차영욱을 위로했다.

"너무 걱정 마세요. 시간이 지나면 나아지겠죠. 또, 제가 더 열심히 하겠습니다."

"그래. 너만 믿는다."

차영욱은 유생을 보며 흐뭇하게 웃었다.

2년전 처음 만날 때까지만 해도 이렇게까지 될 줄은 몰랐지만 유생과의 만남은 언제나 차영욱에게 행운을 가져다주었다.

"그럼 저는 이제 뭘하면 되죠? 보조금 관련 수사를 지원하면 되는 건가요?"

"아니. 일단 보조금 사건은 임 검사와 김 검사 둘이서 진행할꺼야. 규모가 커지면 지원 요청할 것이고. 당분간 신 검사는 인지 업무에 주력하면 돼."

"인지업무요?"

의아한 눈빛의 유생에게 차영욱은 빙긋 웃으며 답했다.

"뭘 그런 눈빛으로 봐? 대형 사건을 인지하는 건 자네 특기잖아. 신문이든 인터넷이든 상관없어. 뭐든 뒤져서 예전에 장우석 사건 때처럼 뭔가 냄새가 나는 건을 찾아봐 주면 되는 거라고."

'냄새가 나는 건.'

그 말을 듣는 순간 유생의 머릿속에 한 가지 사건이 선명하게 떠올랐다. 오늘 아침까지 검토하던 바로 그 사건.

"사실… 그런 거라면 마음에 걸리는 게 하나 있습니다."

유생의 말에 차영욱은 눈이 번쩍 뜨였다.

"벌써? 역시 신 검사군. 한번 말해 봐. 어떤 건인데?"

유생은 마침 들고 있던 사건 파일을 내밀며 말했다. 그것은 이경찬에게 직접 받았던 파일이었다.

"이수정 의원 불법선거자금 사건입니다."

유생의 말에 차영욱의 표정이 살짝 굳었다. 그 역시도 그 사건에 대해 알고 있던 탓인지 실망한 기색이 엿보였다.

"선거사범이면 공안부쪽이잖아. 이수정 의원 사건은 검찰 내에서도 제법 알려진 사건이고… 그냥 공안부로 넘기는 게 낫지 않겠어?"

"그렇긴 한데…."

'이걸 말해야 하나? 아직 확실한 건 아무것도 없는데….'

:Legal Mind

잠시 망설이던 유생은 곧 마음을 결정했다.

지금이 아니면 이 사건을 수사할 기회는 없어보였기 때문이다.

유생은 진지한 눈빛으로 입을 열었다.

"사실 이경찬이 제게 청탁한 사건은 강남 나이트 사건만이 아니었습니다."

유생은 당시의 일들을 이야기하기 시작했다.

강남나이트 사건과 함께 청탁받은 이수정 의원 불법선거자금 사건에 대한 이야기들을.

이후 휴대폰을 꺼내어 이경찬과 윗선이 통화했던 녹취록을 들려주었다.

– 무리야. 이 건은 애초에 자네에게 지시한 건이 아니지 않은가?

– 하지만…. 부탁드립니다. 제가 지금까지 해 온 걸 생각해 주십시오.

– 일단 최선을… 칙.

여기까지 듣자 차영욱의 표정이 바뀌었다.

"이게 당시 이경찬이 자네 휴대폰으로 통화한 내용이란 말이지?"

"네. 그렇습니다."

유생이 끄덕이자 차영욱은 턱을 매만지며 말을 이었다.

"녹취록 대로라면 이경찬의 윗선에서 청탁을 내린 것은 이수정 사건이 맞겠군. 그리고…."

차영욱 역시도 감이 왔다. 이 사건은 단시 선거사건으로 끝나지는 않을 것이라는 감이.

잠시 생각하던 차영욱은 유생의 어깨를 두드리며 말했다.

"좋아. 자네는 이 사건에 대해 좀 더 조사해보게. 필요한 게 있으면 언제든 이야기하고. 돈이든 사람이든 얼마든지 지원해 줄 테니."

기다리던 답이 나온 순간이었다.

"넵."

유생은 빙긋 웃으며 대답하고는 부장실을 나왔다.

그가 나가자 차영욱은 더욱 심각한 표정이 되어서 자리에 앉았다.

그는 책상 위에 놓여 있던 사건 서류를 노려보았다.

지난주 차장에게 직접 받은 서류 뭉치들.

그곳엔 보조금 비리 관련 서류만 있는 것이 아니었다. 성격이 달라 다른 부서로 넘기려고 했던 서류도 하나 섞여 있었다.

차영욱은 그 서류를 집어들고는 찬찬히 읽어 보았다. 서류를 넘길수록 그의 표정은 더욱 무거워져 갔다.

:Legal Mind

"정말 이상하군. 이게 여기로 배당된 것은 우연이 아니라는 말인가?"

그가 다시 책상 위에 내려놓은 서류에는 '이수정 불법 선거자금 사건'이라 적혀 있었다.

〈6권에서 계속〉